Mila Summers

Sommerträume in Schottland
Ein Cottage zum Verlieben

AF201102

Impressum

Bibliografische Information der Deutschen Nationalbibliothek:
Die Deutsche Nationalbibliothek verzeichnet diese Publikation
in der Deutschen Nationalbibliografie; detaillierte bibliografische Daten sind im Internet über www.dnb.de abrufbar.

Deutsche Erstauflage Mai 2024
Copyright ©Mila Summers
Lektorat: Dorothea Kenneweg
Korrektorat: SW Korrekturen
Covergestaltung: Nadine Kapp
Covermotiv: Shutterstock ©bbofdon, ©SergeBertasiusPhoto-
graphy, ©Ground Picture

Impressum: D. Hartung
Frankfurter Str. 22
97082 Würzburg
mila.summers@outlook.de

Herstellung und Druck über tolino media GmbH & Co. KG,
Albrechtstr. 14, 80636 München. Printed in Germany.
Fragen zu Produktsicherheit an: gpsr@tolino.media.

MILA

SUMMERS

Sommerträume in Schottland

- Ein Cottage zum Verlieben -

Roman

Kapitel 1

Donna

»So ein Mist. Das kann doch nicht wahr sein!«

Schon zum dritten Mal in Folge hatte ich in dieser Woche meinen Bus verpasst. Während er sonst bereits um die Ecke gebogen war, bevor ich an der Haltestelle eintraf, hatte der Busfahrer mir heute zur Abwechslung direkt vor der Nase die Tür zugeschlagen. Ganz so, als hätte ich ihn persönlich mit meinem ständigen Zuspätkommen beleidigt.

Aber heute Morgen konnte ich wirklich nichts dafür. Die alte Mrs Willis aus dem Erdgeschoss war ganz verzweifelt gewesen, weil sie ihre Brille nicht finden konnte. Anstatt also aufzubrechen, um meinen Bus zu erreichen, hatte ich ihr kurzerhand beim Suchen geholfen und wenig später das Objekt der Begierde auf ihrer Kaffeemaschine entdeckt.

Sie hatte sich überschwänglich bei mir bedankt. Aber obwohl ich einen Zahn zugelegt hatte, um meinen Bus noch zu erwischen, war es mir dennoch nicht geglückt, heute einmal pünktlich im Büro zu erscheinen.

Ein Umstand, der mir zutiefst zusetzte. Denn ich liebte meine Arbeit als Verlagslektorin bei *Gromble & Hayes* sehr. Es war genau der Beruf, den ich schon als kleines Kind in die Poesiealben meiner Freundinnen geschrieben hatte.

Okay, gut, vielleicht stand da auch einfach nur »Schrift-stellerin« oder »was mit Büchern«, aber im Grunde wusste ich bereits damals, wo mein Weg mich hinführen sollte: in die Verlagswelt. Schließlich war mein Dad Literaturprofessor und hatte mich früh mit der Materie vertraut gemacht.

Da mir nun knapp zehn Minuten blieben, bis der nächste Bus fuhr, entschied ich mich, mir bei Starbucks noch einen Iced Caramel Latte macchiato zu holen. Immerhin würde ich so auf die Plörre aus der Kaffeemaschine in der Teeküche im Verlagshaus verzichten können.

Dankenswerterweise musste ich nur kurz warten, bis ich meine Bestellung aufgeben konnte. Die meisten anderen Menschen, die um diese Uhrzeit schon wach waren, befanden sich bereits im Bus oder in der U-Bahn auf dem Weg zur Arbeit.

Jeff, der Barista, bei dem ich meinen Iced Caramel Latte macchiato in Auftrag gegeben hatte, war so nett gewesen, meinen Namen auf dem Becher mit Sonnenstrahlen bei dem O von Donna zu versehen. Damit kam mir der Morgen nur noch halb so schlimm vor wie noch vor wenigen Minuten.

Lächelnd schirmte ich über dem Gestell meiner schwarz umrandeten Brille meine Augen gegen die Sonne ab. Diese schien bereits in freudiger Erwartung darüber, was der Tag ihr heute alles bescheren würde. Und weil ich nicht anders konnte, strahlte ich gleich mit ihr.

Denn im Grunde war der Tag gar nicht mal so schlecht. Mein Chef war heute Morgen zu einem Brunch mit Geschäftspartnern verabredet, die das Haupthaus in Asien leiteten, das unseren Traditionsverlag vor ein paar Jahren aufgekauft hatte. Er würde also im besten Fall gar nicht mitbekommen, dass ich mich auch an diesem Tag verspätete. Außer natürlich, Margot würde mal wieder petzen.

Aus mir unerfindlichen Gründen stand meine Kollegin nämlich auf Scott Fernsby aka den aufgeblasenen Gockel, der glaubte, über alles und jeden erhaben zu sein, und sich nur selten bis gar nicht von einer anderen Meinung überzeugen ließ.

Allein der Gedanke an sein dominantes Gehabe, mit dem er durch die Korridore des Verlags schlenderte, ließ mich unweigerlich würgen. Dann noch dieses machohafte Auftreten und dieses dämliche Grinsen auf seinen Lippen, wenn der eingebildete Schnösel sich mal wieder seiner Macht bewusst wurde ... Grauenhaft.

Trotz allem liebte ich meinen Job über alles. Ich mochte die meisten meiner Kollegen und Kolleginnen und hatte meine Methoden entwickelt, auch mit Mr Fernsby einigermaßen gut auszukommen. Das Beste an meinem Beruf war jedoch die Tatsache, dass ich mich voll und ganz auf das konzentrieren konnte, was mir besonders viel Freude bereitete: nämlich die Welt der Bücher.

Meine Arbeit erfüllte mich. Sie stellte zum Leidwesen meiner Familie den Mittelpunkt meines Lebens dar. Denn wenn es nach meinen Eltern – vor allem meiner Mutter – und meiner Granny in Schottland gegangen wäre, dann hätte ich nun, da ich bereits Ende zwanzig war, mindestens einen Ehemann an meiner Seite und ein bis zwei Kinder.

Sie konnten einfach nicht verstehen, dass das im Moment keine Option für mich war. Ich wollte nicht, dass sich etwas zwischen mich und meine geliebten Bücher drängte. Mein Leben war so, wie es war, perfekt für mich.

»Shit!«

»Oh, das tut mir leid.«

Gerade als ich aus dem Starbucks nach draußen treten wollte, um den nächsten Bus nicht auch noch zu verpassen, schlug mir die Tür entgegen, und der restliche Iced Caramel Latte macchiato ergoss sich über meine weiße Bluse.

»Das sollte es auch«, erwiderte ich, ohne den Mann anzusehen, der für das Debakel verantwortlich war.

»Sie hätten genauso gut aufpassen können«, blaffte der mich an und machte sich dann in Richtung Theke auf, ohne mich auch nur noch eines weiteren Blickes zu würdigen.

Männer!

Wenn meine Familie die männlichen Exemplare unserer Gattung kennen würde, mit denen ich mich in den letzten Monaten und Jahren herumschlagen musste, würden sie auch nicht mehr von mir erwarten, endlich eine Familie zu gründen.

Wutschnaubend holte ich mir ein paar Taschentücher aus dem Spender und tupfte das Malheur auf meiner weißen Bluse, so gut es ging, trocken. Die Kälte des Getränks hatte meine Haut mit einer Gänsehaut überzogen. Nichts mehr mit den Sommergefühlen, die sich noch vor wenigen Minuten in mir auszubreiten versuchten.

Nachdem ich dem Mann, der grinsend an der Theke auf seinen Kaffee wartete, einen Furunkel an den Allerwertesten gewünscht hatte, stapfte ich nach draußen zur Bushaltestelle.

Mühevoll knöpfte ich meinen Blazer zu, um die Flecken zu verdecken. Im Büro hatte ich zum Glück in weiser Voraussicht eine Ersatzbluse für Missgeschicke dieser Art in meinem Schrank hängen. Der Tag musste also nicht in einer Katastrophe enden, nur weil er mit einer begonnen hatte.

Wenige Augenblicke später traf der Bus ein. Ich stieg hinein, ohne dass mir diesmal die Türen vor der Nase zugeschlagen wurden, und fand sogar einen Sitzplatz. Mit den AirPods in den Ohren ließ ich mir von Taylor Swift die Laune aufbessern.

Nach und nach wurde ich zuversichtlicher. Als ich den 98er Bus schließlich am Red Lion Square verlassen hatte und in Richtung Brownlow Mews aufgebrochen war, hörte ich die Vögel zwitschern. Eine Mutter kam mir lächelnd mit ihrem Kinderwagen entgegengelaufen.

Alles würde gut werden.

»Miss McAlee?«, dröhnte mir die Stimme meines Chefs durch den Flur entgegen, kaum dass ich das Verlagshaus betreten hatte.

»In mein Büro. Sofort!«

Mist. Das war nicht gut. Das war ganz und gar nicht gut.

Kapitel 2

Scott

»Ich kann das erklären.«

Miss McAlee sah bedröppelt drein, nachdem ich sie in mein Büro zitiert hatte.

Dabei ging es mir gar nicht darum, sie dafür zu rügen, dass sie mal wieder zu spät gekommen war. Heute standen ganz andere Dinge auf dem Spiel. Es ging um alles oder nichts. Was interessierten mich da diese Kinkerlitzchen?

»Ich höre«, erwiderte ich dennoch, weil ich es genoss, wie sie sich auf dem schmalen Sessel vor mir wand, während sie sich bemühte, ihre mit braunen Kaffeeflecken beschmutzte Bluse vor mir zu verbergen.

»Der Busfahrer … Er hat mir einfach die Tür vor der Nase zugeschlagen. Ich konnte nichts dafür. Es ist …«

Miss McAlee schob ihre Brille auf ihrem Nasenrücken nach oben und wirkte dabei wie ein kleines Mädchen. Ihre braunen Locken sahen wie ein Vogelnest aus, fehlten nur noch die passenden Äste und Zweige, die seitlich herausblitzten, um das Bild zu vervollständigen.

Die Frau war das reinste Klischee einer Verlagslektorin. Sogar ihr mausgraues Outfit passte wie die Faust aufs Auge. An der biederen Miss McAlee war nichts, was mich auch nur im Entferntesten interessiert hätte. Zumindest ihr Äußeres betreffend.

Dafür schätzte ich ihren scharfen Verstand und ihre hingebungsvolle Art, ihrer Arbeit nachzugehen. Sie überzeugte durch die Begeisterung für die Sache, dadurch konnte sie mit bornierten Star-Autoren ebenso gut umgehen wie mit Debütantinnen, die sich vor ihrer ersten Lesung in die Hosen machten.

Sie war einfühlsam, hilfsbereit und äußerst ehrgeizig. Und genau diese Eigenschaften würde ich mir heute zunutze machen. Nicht, weil ich es wollte, sondern schlicht und ergreifend, weil mir die Alternativen fehlten.

»Ihre Ausreden interessieren mich nicht, Miss McAlee. Ich erwarte von Ihnen, dass Sie pünktlich hier im Büro erscheinen. Wenn ich das richtig sehe, dann sind Sie in dieser Woche bereits zum dritten Mal verspätet hier eingetroffen. So geht das nicht. Und das wissen Sie auch. Wir müssen uns auf Sie verlassen können, Miss McAlee. Das hier ist keine One-Woman-Show, bei der Sie hereinspazieren können, wie es Ihnen beliebt. Sollte ich noch einmal mitbekommen, dass Sie zu spät sind, werde ich andere Saiten aufziehen. Haben Sie mich verstanden?«

Das kleine Häufchen Elend vor mir auf dem Sessel schmolz auf die Größe einer Backerbse zusammen.

Sicher, ich wollte mit dieser strengen Ansprache verdeutlichen, wer hier im Haus das Sagen hatte, um sie darauf einzustimmen, was nun folgen würde. Womöglich hatte ich es allerdings ein wenig übertrieben. Weniger war manchmal mehr. Aber ich war selbst nicht ganz Herr meiner Sinne. Die Begebenheiten der letzten drei Tage ließen mir kaum mehr Spielraum, zu handeln. Ich stand mächtig unter Druck. Und nun lud ich meinen Ärger bei der armen Miss McAlee ab, dabei hatte ich doch etwas ganz anderes im Sinn gehabt, als ich sie zu mir ins Büro bestellte.

»Voll und ganz«, piepste sie so leise, dass ich es fast nicht gehört hätte.

Dann erhob sie sich vorsichtig von ihrem Platz, um sich aus dem Zimmer zu stehlen. Zu meinem Leidwesen würde ich das heute jedoch nicht zulassen können. Ich brauchte Miss McAlee dringend für meine Zwecke.

Nach längerem Überlegen erschien sie mir die einzige Frau zu sein, die ich für mein Vorhaben einspannen könnte, ohne dass es Konsequenzen für mich geben würde. Sie war verschwiegen, loyal und dennoch intelligent. Sie hing an ihrem Job und würde fast alles für ihn tun.

Natürlich hatte ich zeitweise überlegt, mir bei einer Agentur eine Begleitung zu buchen. Allerdings wüsste diese Dame rein gar nichts über das Verlagsgeschäft und könnte sich somit nicht einbringen. Außerdem stand zu befürchten, dass eine allzu herausgeputzte Frau von dem ablenken würde, worauf es eigentlich ankam. Nämlich auf meine Arbeit.

»Nicht so schnell.«

Meine Worte hallten wie ein Donnergrollen durch den Raum.

Miss McAlee blieb wie angewurzelt auf der Stelle stehen und drehte sich dann vorsichtig wie eine Maus, die das Schlimmste befürchtete, in meine Richtung.

»Ja?«

»Hätten Sie vielleicht noch ein paar Minuten für mich?«, fragte ich mit zuckersüßer Stimme und rang mir nun sogar ein Lächeln ab.

Miss McAlee sollte später nicht behaupten, dass ich sie zu irgendetwas gezwungen hätte. Denn einen derartigen Eklat konnte ich mir auf keinen Fall leisten. Es galt also, rücksichtsvoll und bedacht in die nahenden Verhandlungen zu gehen.

»Aber sicher doch.«

Ihre Stimme klang nicht ansatzweise so selbstsicher, wie mich ihre Worte glauben lassen sollten.

Aber auch dies wertete ich zu meinen Gunsten. Eine Frau, die dienstbereit zur Verfügung stand, war im Moment genau das, was ich brauchte. Auch wenn ich im Allgemeinen für Gleichberechtigung zwischen den Geschlechtern und auch in der Zusammenarbeit für konstruktive Diskussionen auf Augenhöhe war.

Diese Situation war außergewöhnlich. Und außergewöhnliche Situationen erforderten eben auch außergewöhnliche Maßnahmen. So einfach war das.

»Ich danke Ihnen.«

Miss McAlee setzte sich erneut auf den schmalen grauen Sessel vor meinem Schreibtisch, legte die Hände gefaltet in den Schoß und schien nur darauf zu warten, dass jeden Moment das Damoklesschwert über ihrem Haupt auf sie hinuntersauste.

Wachsam blickte sie aus ihren blauen warmen Augen in meine Richtung, während es hinter ihrer Stirn mächtig zu rattern schien. Offenbar wusste sie nicht, was sie nun erwartete. Und genau diesen Umstand musste ich mir zunutze machen. Am besten gleich, bevor das Überraschungsmoment verstrichen war.

»Miss McAlee, ich habe eine Bitte an Sie.«

Bei meinen Worten machte sie große Augen.

»Wie Sie sicher wissen, haben wir momentan eine Delegation aus Asien im Haus, die sich unsere Abläufe im Verlag ansehen und unsere Strukturen kennenlernen will.«

Dass die werten Herren aus Asien auch mit dem Gedanken spielten, unser Verlagshaus in London zu schließen, nachdem sie es vor knapp drei Jahren erst gekauft hatten, verschwieg ich Miss McAlee. Es tat nichts zur Sache. Reichte schon, dass ich deswegen nachts kaum noch Schlaf abbekam.

Und auch wenn ich Miss McAlee als verschwiegen erachtete, konnte man in einer solchen Ausnahmesituation nie wissen, wie die Menschen reagieren würden. Also behielt ich dieses winzige, jedoch nicht minder wichtige Detail erst einmal für mich.

»Ja, das habe ich mitbekommen.«

Miss McAlee schob sich abermals die Brille auf dem Nasenrücken nach oben, während sich ihre Stirn leicht kräuselte. Offenbar hatte sie keine Ahnung, in welche Richtung dieses Gespräch abzielte.

»Die Kollegen aus Asien sind äußerst konservativ. Ihnen sind Traditionen und familiäre Bande besonders wichtig.«

Ich kam in diesem Moment nicht umhin, an meine eigene Familie zu denken, der der Verlag noch bis vor drei Jahren gehört hatte. Als sich die finanzielle Situation zunehmend verschlechterte, hatte mein Großvater schweren Herzens den Verkauf des Verlagshauses eingeleitet.

Wenn er einen anderen Ausweg gesehen hätte, dann wäre es nie so weit gekommen. Aber er hatte sich an der Börse heillos verspekuliert, seine Prioritäten ungünstig gelegt und letztlich auf zu viele falsche Pferde gesetzt.

Das Ende vom Lied war eine mehr als ernüchternde Bilanz gewesen.

Dabei war es ihm immerhin gelungen, mich als Verlagschef für die Londoner Zentrale einzusetzen. Damit war die Unabhängigkeit des Verlagsprogramms weitgehend gewährleistet. Doch nun, nach nur drei Jahren, sollte auch diese Konstellation ein Ende finden. So weit durfte es unter keinen Umständen kommen.

Fünf Generationen meiner Familie hatten alles dafür getan, um *Gromble & Hayes* zu einem der führenden Verlagshäuser Englands zu machen. Weltweite Star-Autoren wie Gonzalez Ringa, ebenso wie Emma Wings oder Anna Goldschmidt hatten ihre Werke über dieses Haus publizieren lassen. Sie hatten ihren Glauben und ihr Vertrauen in unsere Familie gesetzt.

Ein Seufzer entwich bei diesem Gedanken meiner Kehle.

Miss McAlee sah daraufhin noch zerknirschter drein als ohnehin schon.

»Was ich damit sagen will«, begann ich kopfschüttelnd, wie um die wirren Gedanken in meinem Kopf zu verscheuchen und mich auf dieses Gespräch zu fokussieren. »In der kommenden Zeit benötige ich eine zuverlässige, verschwiegene Frau mit blütenreiner Weste, die mich zu einigen Terminen begleitet, nett lächelt, wenn es angebracht ist, und sich zudem fachlich einbringt, wenn es gewünscht wird.«

Mit jedem meiner Worte wurden Miss McAlees Augen ein Stück weit größer.

Ein verunsichertes »Ich verstehe nicht« kam ihr so leise über die Lippen, dass ich mir nicht sicher war, ob sie es tatsächlich geäußert hatte.

Währenddessen zog sie den Blazer noch etwas enger über die Flecken auf ihrer weißen Bluse.

»Miss McAlee, wären Sie dazu bereit, in den kommenden Tagen meine Verlobte zu spielen? Ich würde Ihnen dafür im

Gegenzug eine ordentliche Gehaltserhöhung anbieten. Zudem werden Sie in absehbarer Zeit Ihr eigenes kleines Team leiten und bekommen mehr Freiräume in Ihren Entscheidungen. Wie hört sich das für Sie an?«

Miss McAlee öffnete den Mund und schloss ihn wenige Augenblicke später unverrichteter Dinge wieder.

»Ist das ein Scherz?«, fragte sie dann und blickte sich dabei zu allen Seiten hin um, als würden gleich hinter den Vorhängen und aus den Schränken ihre Kollegen herausspringen und sie auslachen.

»Nein, das ist kein Scherz«, erwiderte ich betont gelassen.

Ich durfte mir jetzt auf keinen Fall anmerken lassen, wie brenzlig die Situation war, in der sich das Verlagshaus befand. Vor allem dann nicht, wenn ich nicht riskieren wollte, dass Miss McAlee ihr Wissen eines Tages gegen mich einsetzte.

Und das wollte ich ganz bestimmt nicht.

»Dann soll ich also vorgeben, jemand zu sein, der ich nicht bin, und werde dafür auch noch honoriert?«

Die Art und Weise, wie sie die Angelegenheit auffasste, gefiel mir nicht. Sie gefiel mir ganz und gar nicht. Aber jetzt galt es, nicht den Kopf in den Sand zu stecken und keine Panik aufwallen zu lassen. Ich musste mich sammeln, meine Kräfte konzentrieren und mich auf das besinnen, was wirklich zählte: das Verlagshaus.

»Sehen Sie es als geschäftliche Vereinbarung, Miss McA-lee. Eine geschäftliche Vereinbarung wohlgemerkt, aus der wir beide unseren Nutzen ziehen können.«

Dummerweise war Miss McAlee offenbar nicht nur verschwiegen, intelligent und engagiert, nein, sie schien zudem auch noch so etwas wie ein Gewissen zu besitzen. Diese Eigenschaft wäre im vorliegenden Fall eher hinderlich. Zumindest dann, wenn sie ihren moralischen Kompass nicht einmal zeitweise über Bord werfen konnte.

»Ich werde darüber nachdenken.«

Damit erhob sie sich abrupt aus ihrem Sessel und steuerte zielstrebig auf die Tür zu, noch ehe ich auch nur etwas darauf erwidern konnte.

Kapitel 3

Donna

»Du siehst aus, als hättest du einen Geist gesehen. Und was ist denn mit deiner Bluse passiert?«

Margot platzte, wie immer ohne anzuklopfen, in mein Büro und musterte mich dabei von oben herab mit diesem prüfenden Blick, mit dem sie mich des Öfteren bedachte.

Ihre langen roten Haare umrahmten ihr sommersprossiges Gesicht wie der lackierte Holzrahmen eine Seeschlacht aus der Zeit des Empire.

»Es geht mir gut. Jemand hat mir meinen Kaffeebecher über die Bluse gekippt. Nichts weiter.«

Margots Augen verengten sich zu schmalen Schlitzen.

»Du hast Glück, dass der Chef nicht mitbekommen hat, dass du mal wieder zu spät warst.«

Mit verschränkten Armen stand sie vor mir, wie um mir zu zeigen, dass sie über alles Bescheid wusste.

Nur über das kleine, aber sehr pikante Angebot, das mir Mr Fernsby erst vor wenigen Augenblicken gemacht hatte, war sie offenkundig nicht im Bilde. Denn wenn dem so gewesen wäre, dann hätte sie mit Sicherheit nicht mit der Wimper gezuckt, um genau das zuallererst auf den Tisch zu bringen.

»Wie nett, dass du mich auf diesen Umstand hinweist, Margot. Aber jetzt muss ich dich leider bitten, mein Büro zu verlassen. Ich muss mich umziehen, denn ich habe dann einen Termin.«

Statt der Gehaltserhöhung hätte ich Mr Fernsby um ein Büro bitten sollen, zu dem Margot keinen Zugang hatte. Am liebsten wäre mir gleich ein eigener Trakt im Verlagshaus.

Das oberste Stockwerk stand ohnehin fast leer. Mr Fernsby bewohnte dort einige der Räumlichkeiten, hatte ich einmal munkeln hören, als ich ganz neu im Verlag war. Ob dem wirklich so war, wusste ich nicht. Es hatte sich nie die Gelegenheit ergeben, das nachzuprüfen.

Womöglich würde ich es nun in Erfahrung bringen können, wenn ich Mr Fernsbys Verlobte spielte.

Allein der Gedanke war so abwegig, dass ich unwillkürlich mit dem Kopf schütteln musste.

»Wir sind alle furchtbar beschäftigt«, behauptete Margot, während sie ihre Feile aus der Gesäßtasche ihrer viel zu engen Jeans zog und sich die Beine übereinanderschlagend auf meinen Schreibtisch setzte, um ihre Nägel in Form zu bringen.

»Das sehe ich«, erwiderte ich angriffslustiger, als ich es mich bisher je getraut hätte.

Denn Margot, das stand außer Frage, hatte einen ganz besonderen Draht zu Mr Fernsby. Mir war sogar zu Ohren gekommen, dass sie eine Affäre mit ihm hatte. Da fragte ich mich jedoch, warum er anstatt Margot mich gebeten hatte, seine Verlobte zu spielen.

Was sah er in mir, was Margot nicht vorzuweisen hatte?

Denn im direkten Vergleich konnte ich mit ihr, was das rein Äußerliche anbelangte, nicht mithalten. Ihr Teint war perfekt, ihre Frisur stets makellos und von ihren modisch adretten Kleidern gar nicht erst zu sprechen.

Mir hingegen fiel es schon schwer, den immer gleichen Anzug auszuwählen, den ich gleich in mehreren Ausführungen in meinem Kleiderschrank bereithielt. Dazu noch eine weiße Bluse und fertig war das Bürooutfit. Von Make-up und einer gesitteten Frisur war ich dabei so weit weg wie ein Eskimo vom Sand in der Sahara. Das lag allerdings vor allem daran, dass ich wenig Wert auf Make-up und Äußerlichkeiten im Allgemeinen legte und meine Haare schon immer ein Eigenleben geführt hatten.

»Margot, was machst du denn hier? Der Chef sucht dich schon überall.«

Sarah stand plötzlich in der Tür – auch ohne anzuklopfen, aber bei meiner Lieblingskollegin war das vollkommen okay – und sah mahnend in Margots Richtung.

Diese sprang wie von der Tarantel gestochen von meinem Schreibtisch, sodass dieser bedenklich ins Wanken geriet. Ohne ein Wort des Abschieds war sie auch schon zur Tür hinaus.

Ich atmete erleichtert auf.

»Dich schickt der Himmel«, sagte ich lächelnd, während Sarah die Tür schloss und ich zu dem Schrank lief, in dem sich meine saubere Bluse befand.

»Als ich gesehen habe, dass Margot zu dir ins Büro geht, dachte ich, es wäre eine gute Idee, zu behaupten, dass Mr Fernsby sie sucht«, bekannte sie schulterzuckend.

»Ach, dann hat er gar nicht …«

Sarah winkte ab.

»Nein, der ist in irgendeiner wichtigen Konferenz und möchte unter keinen Umständen gestört werden.«

Bei ihren Worten machte ich große Augen.

»Das heißt, wenn sie jetzt zu ihm reinstürmt …«

»… könnte das durchaus unangenehme Folgen für sie haben. Japp, du hast recht. Aber mal ehrlich, Margot hat es verdient. Findest du nicht auch? Sie spielt sich immer so auf, als würde der Laden ihr gehören. Dabei ist sie nur die Chefsekretärin. Und angeblich auch Mr Fernsbys Gespielin. Was das anbelangt, verzichte ich allerdings auf nähere Details.«

»Dito.«

»Sag mal, Donna, ich frage dich das jetzt, weil ich dich wie eine Schwester liebe, und nicht, weil ich dich ärgern will: Hast du wirklich nur diese eine Bluse?«

Ein wenig verlegen blickte ich auf das Kleidungsstück, dessen Knöpfe ich gerade im Begriff war zu schließen. Eigentlich hatte ich erwartet, Sarah würde mir von ihrer neuesten Flamme vorschwärmen, um die sie ein großes Geheimnis machte. Die beiden Frauen hatten sich auf einer Party kennengelernt. Mehr wusste ich leider noch nicht.

»Ich gehe wirklich ungern Klamotten einkaufen. Und wenn ich dann mal was finde, dann ist es nicht in meiner Größe da oder sieht einfach nur schrecklich an mir aus. Deshalb hab ich mir irgendwann diese Bluse bei *Marks & Spencer* ausgesucht. Seitdem brauche ich nur in die Abteilung zu gehen und mir eine neue mitzunehmen, wenn ich eine benötige.«

In meinen Ohren klangen meine Worte ziemlich vernünftig und nachvollziehbar. Dennoch begann Sarah prompt, mit dem Kopf zu schütteln.

»Was hältst du davon, wenn wir in den nächsten Tagen mal zusammen shoppen gehen? Das kann echt viel Spaß machen, wenn man an den richtigen Stellen schaut und dabei auch noch die weltbeste Begleitung an seiner Seite hat.«

Dabei deutete sie mit beiden Händen auf sich und grinste breit dazu.

»Das könnten wir durchaus mal machen«, stimmte ich halbherzig zu.

Falls ich allerdings auf den Vorschlag meines Chefs eingehen sollte – und die Betonung lag auf *falls* –, würde ich zu den Treffen, zu denen er mich mitnehmen wollte, wohl kaum meinen grauen Nadelstreifenanzug und die weiße Bluse anziehen können.

Ansonsten gab mein Kleiderschrank nicht viel mehr als Jeans und einfache Shirts her. Nicht einmal ein einziges Kleid besaß ich. Dabei hatte mir meine Granny schon mehrfach dazu geraten, mir eines zu kaufen. Damit kämen meine langen Beine besser zur Geltung, meinte sie.

Aber ich wollte gar nicht, dass meine langen Beine in Szene gesetzt wurden. Mir ging es vielmehr darum, dass die Menschen mich so akzeptierten, wie ich war. Ich wollte kein Modepüppchen sein, das mit dem Äußeren glänzte. Die inneren Werte waren es doch, die zählten.

»Prima. Dann ist das also abgemacht. Morgen nach der Arbeit zeige ich dir ein paar Läden, in denen wir ganz sicher etwas für dich finden werden.« Dann hielt sie kurz inne und schien zu überlegen: »Oh, und dann habe ich noch eine Idee, wen wir in Stylingfragen konsultieren könnten.«

Wieder bekam sie diesen schwärmerischen Ausdruck in den Augen.

Und noch ehe ich Widerspruch einlegen konnte, war Sarah auch schon wieder aus meinem Büro verschwunden.

Kapitel 4

Scott

Mit jeder Stunde, die verging, ohne dass mir Miss McAlee ihre Entscheidung mitgeteilt hatte, wurde ich ungeduldiger und gereizter.

»Möchten Sie einen Kaffee, Mr Fernsby?«, flötete meine Chefsekretärin Miss Goodwin soeben durch die Gegensprechanlage.

»Nein, danke«, blaffte ich und schaltete das Gerät kurzerhand ab.

Ich war mir im Klaren darüber, dass mein schroffes Verhalten ihr gegenüber mehr als unangebracht war. Aber ich war nun mal auch nur ein Mensch. Ein Mensch, der sich enorm viele Gedanken darüber machte, wie die Zukunft aussehen mochte.

Es war eine Ehre und zugleich eine Bürde, ein altes Familienunternehmen zu führen und nicht einmal selbst der Eigentümer zu sein. Dennoch hatte ich mich in den vergangenen drei Jahren stets darum bemüht, die Interessen meiner Familie zu vertreten, und war dabei mit ein, zwei kleinen Ausnahmen immer gut gefahren.

Doch nun ging es um alles. Nicht nur um die berufliche Existenz von knapp hundert Mitarbeitern, sondern auch um all die Werte, Normen und Maßgaben, die mir von meinem

Vater und meinem Großvater an die Hand gegeben worden waren.

Als es mich nicht länger auf meinem Schreibtischstuhl hielt, sprang ich so abrupt auf, dass ich ihn beinahe umgestoßen hätte. Wie ein eingesperrtes Tier tigerte ich im Büro umher, während ich mir das Hirn darüber zermarterte, wie ich das Blatt noch zu meinem Vorteil wenden könnte. Nach wie vor fiel mir nur Miss McAlee ein, die in der Rolle meiner Verlobten die Herrschaften der Kommission für mich einnehmen sollte.

Nur wie konnte ich Miss McAlee dazu bringen, das Spiel zu meinen Gunsten mitzuspielen?

Sollte ich ihr womöglich Blumen schicken? Oder doch besser Pralinen? Beides? Oder würde ich damit am Ende genau das Gegenteil von dem erreichen, was ich wollte?

Seufzend ging ich meinen Gang weiter. Miss McAlee war aber auch eine schwer einzuschätzende Frau. Wenn es um fachliche Belange ging, konnte sie flammende Reden halten, aber was ihre Persönlichkeit betraf, hielt sie sich bedeckt und wirkte beinahe stoisch. Ich hatte keine Ahnung, womit ich ihr Herz erweichen könnte.

Wahrscheinlich am ehesten mit einer Erstausgabe von Jane Austins *Stolz und Vorurteil.* Aber wo sollte ich die auf die Schnelle herbekommen? Jetzt zählte jede Stunde, jede Minute im Kampf um den Erhalt meines Familienerbes.

Ein zaghaftes Klopfen war an der Tür zu hören.

Daraufhin erhob sich ein Stimmengewirr davor. Miss Goodwin war zu hören. Aber auch Miss McAlee, wenn mich nicht alles täuschte. Also eilte ich, so schnell wie mich meine Beine trugen, hinüber zur Tür und riss sie unvermittelt auf.

Die beiden Damen sahen mich mit schreckgeweiteten Augen an.

»Ich habe Miss McAlee soeben mitgeteilt, dass Sie niemanden sehen möchten, Mr Fernsby«, erklärte Miss Goodwin pflichtbewusst.

Sie war eine gute Sekretärin. In mancherlei Hinsicht ein wenig zu geschwätzig und vorlaut, aber ich konnte mich immer auf sie verlassen. Auch wenn ich es nicht gutheißen konnte, dass uns eine Affäre nachgesagt wurde. Denn ich würde nie auf die Idee kommen, am Arbeitsplatz mit einer meiner Angestellten etwas anzufangen.

»So, haben Sie das? Dabei wollte ich ganz dringend mit Miss McAlee sprechen«, behauptete ich mit fester Stimme.

Miss Goodwin entglitten bei meinen Worten sämtliche Gesichtszüge. Mit einer solchen Antwort hatte sie offenkundig nicht gerechnet.

Miss McAlee hingegen lächelte kurz, ehe sich ihre Miene wieder nahezu teilnahmslos präsentierte. Schon im nächsten Augenblick war ich mir nicht mehr sicher, ob ich es mir am Ende nur eingebildet hatte.

»D-das t-tut mir l-leid«, stammelte Miss Goodwin unbeholfen, während sie zu Miss McAlee schielte. »Soll ich nun vielleicht einen Kaffee bringen?«, fragte sie mit fester Stimme, sobald sie sich wieder gefasst hatte.

»Nein, danke. Wir wollen nicht gestört werden«, erklärte ich Miss Goodwin und bat Miss McAlee schließlich in mein Büro.

Erst als die Tür ins Schloss gefallen und das Klackern von Miss Goodwins Stöckelschuhen verklungen war, atmete ich erleichtert auf.

Nun galt es, wohlüberlegt und besonnen vorzugehen. Miss McAlee war nicht die Sorte Frau, die ich mit meinem männlichen Charme um den Finger wickeln konnte. Darüber war ich mir hinreichend im Klaren. Bei ihr würde ich andere Geschütze auffahren müssen.

»Bitte, nehmen Sie doch Platz.«

Ich deutete auf den schmalen Sessel vor meinem Schreibtisch, doch Miss McAlee schüttelte nur mit ihrem vogelnestartigen Kopf.

»Nein, das, was ich Ihnen zu sagen habe, dauert nicht lange.«

Bei ihren Worten wurde mir abwechselnd heiß und kalt. Wenn sie mir nun einen Korb gab, dann war guter Rat teuer. Wie sollte ich denn morgen Abend zu dem Termin mit den asiatischen Geschäftspartnern gehen, wenn ich keine Begleitung vorweisen konnte? Das wäre eine Katastrophe.

Mein Ende. So brauchte ich mich dort gar nicht erst blicken zu lassen.

»Also schön, dann sagen Sie mir gerne, was Sie zu sagen haben.«

Ich bemühte mich, ruhig und gelassen zu bleiben. Aber die innere Unruhe, die mich inzwischen erfasst hatte, schwang unverkennbar in meinen Worten mit, während mein Gegenüber cool und reserviert wirkte.

Auch ich schaffte es nicht, mich hinzusetzen, sondern blieb erwartungsvoll neben meinem Schreibtisch stehen. Dabei sah ich Miss McAlee fest in die Augen und bemühte mich, keine Schwäche zu zeigen. Ob es mir auch gelang, war eine andere Frage.

»Ich nehme Ihren Deal an.« Sie schien einen Moment zu überlegen. »Allerdings …« Sie zögerte, als ob sie ihren Entschluss doch noch überdenken wollte. Dann ballte sie ihre Hände zu Fäusten und sah mich entschlossen an. »Nur unter einer Bedingung.«

Mit angehaltenem Atem lauschte ich ihren Worten.

»Und die wäre?«, fragte ich mit erstickter Stimme.

Meine Kehle war von jetzt auf gleich so trocken, als wäre ich seit Tagen nach Wasser suchend durch die Wüste Gobi gestreift.

»Neben den Gegenleistungen, die Sie bereits ins Rennen geführt haben …« Sie zögerte. »… erbitte ich mir …«

Nun wurde es interessant.

»… einen Gefallen von Ihnen.«

»Einen Gefallen? Wie soll dieser denn aussehen?«

Ich wurde das Gefühl nicht los, dass Miss McAlee eben erst auf die Idee gekommen war, ihrerseits Bedingungen zu stellen. Oder war Miss McAlee am Ende gewiefter, als ich sie eingeschätzt hatte? Was würde sie gleich von mir verlangen? Meinen Porsche? Zwanzigtausend Pfund in Bar? Eine Weltreise? Was war es?

»Wenn es so weit ist, dann werde ich diesen Gefallen bei Ihnen einfordern«, erwiderte sie, nun ganz die Ruhe selbst, während es in mir brodelte.

»Aber das könnte ja alles sein.«

Miss McAlee hob ein wenig den Kopf, zuckte nonchalant mit den Schultern und war bereits im Begriff, auf dem Absatz kehrtzumachen.

Als ich meine Felle schon davonschwimmen sah, stürmte ich zu ihr und packte sie an den Schultern, damit sie nicht weglaufen konnte.

Dabei kamen wir uns so nah, dass ich ihren zarten Duft nach Magnolie und Vergissmeinnicht tief einatmete. Ihre wachen blauen Augen waren auf mich gerichtet. Doch sie waren nicht einfach nur blau. Winzige weiße und gelbe Punkte leuchteten darin wie die Milchstraße am Nachthimmel.

Ihr voller weicher Mund war leicht geöffnet. Nie zuvor war mir aufgefallen, wie sanft er geschwungen war. Dieser

Mund und die kleine Stupsnase, die unter der Last der schwarzumrahmten Brille schwer zu tragen hatte, ergaben ein hübsches Bild.

»Okay, okay. Sie bekommen, was Sie wollen«, knickte ich schließlich ein.

Ein zaghaftes Lächeln umspielte ihre Lippen. Auch diesmal nur kurz.

Dann löste sich Miss McAlee aus meiner erzwungenen Umarmung.

»Ich warte auf weitere Instruktionen«, sagte sie und klang dabei wie eine Geheimagentin.

»Halten Sie sich morgen Abend bereit. Wir gehen essen. Ich hoffe, Sie können eine Salatgabel von einer Dessertgabel unterscheiden.«

Wenn dieser Punkt Miss McAlee verunsicherte, dann ließ sie es sich nicht anmerken. Ohnehin wirkte sie jetzt viel gefasster als bei unserem letzten Gespräch. Ganz so, als hätte sie sich bereits mit der Vorstellung arrangiert, meine Verlobte zu mimen.

So nickte sie nur kurz, ehe sie sich auf den Weg machte, mein Büro wieder zu verlassen.

»Ach, eins noch. Mein Name ist Scott. Wir sollten uns vor der Delegation wohl besser duzen.«

»Donna«, erwiderte sie, nachdem sie sich nur flüchtig über die Schulter zu mir umgedreht hatte.

Du liebe Güte. Nach diesem Auftritt war ich mir nicht mehr sicher, ob ich mit meiner Idee, Miss McAlee anzuheuern, der Lösung meiner Probleme näher kommen oder sie nicht eher verschlimmern würde. Ich hatte sie für meine Zwecke einspannen wollen, aber hatte Miss McAlee etwa gerade den Spieß umgedreht, indem sie im Gegenzug einen Gefallen für sich einforderte? Womöglich hatte ich sie unterschätzt.

Kapitel 5

Donna

»Ich weiß nicht. Findest du nicht, dass das Kleid viel zu eng ist? Und hier oben … Da fehlt mir eine Handvoll Stoff. Mindestens.«

Sarah lachte über meine Bemerkung und stellte sich dabei dicht neben mich vor den Spiegel.

»Du siehst wunderschön aus, Donna. Dieses Kleid unterstreicht deine schmale Figur perfekt. Zugleich setzt es deine Brüste hervorragend in Szene. Wo hast du die nur versteckt in all der Zeit, die wir uns jetzt kennen?«

Sarah lachte, während ich in diesem Fummel nach wie vor das Gefühl nicht loswurde, halb nackt in der Umkleidekabine des *Harrods* zu stehen.

»Ich weiß nicht …«, hob ich abermals an.

Allerdings war ich mir im Klaren darüber, dass ich heute Abend zu dem Essen weder in meinem Bürooutfit noch in Jeans und Shirt aufmarschieren konnte. Ich brauchte etwas Aussagekräftiges. Ein Kleid, das die Leute in Staunen versetzte und somit erst mal von mir und meiner Person ablenkte.

Gestern hatte ich mich Mr Fernsby oder besser gesagt Scott gegenüber noch so souverän gezeigt, und zu meinem eigenen Erstaunen hatte es mir sogar ein bisschen Spaß gemacht, mich auf sein Spiel einzulassen und ihn herauszufordern.

Doch das war gestern gewesen, heute war ich wieder das reinste Nervenbündel, wenn ich auch nur an den bevorstehenden Abend dachte.

Alles konnte schiefgehen. Und damit meinte ich wirklich alles. Ich wusste nicht mal, wann ich das letzte Mal schick essen gewesen war. Welche Gabel und welches Messer hatte ich wann zu nehmen? Und schickte es sich, das zu essen, worauf man Lust hatte, oder sollte ich besser Scott für mich wählen lassen, um nicht mit Anlauf in einem Fettnäpfchen zu landen?

Mit diesen und ganz ähnlichen quälenden Gedanken schlug ich mich jetzt schon eine halbe Ewigkeit herum. Mittlerweile bereute ich meinen Entschluss bereits wieder, Mr Fernsby – also Scott – in dieser superwichtigen Angelegenheit zu unterstützen. Denn im Grunde hatte ich keinen blassen Schimmer davon, wie das aussehen sollte.

Zwar hatte ich die Delegation aus Hongkong bereits mehrere Male im Verlagshaus gesehen. Schließlich waren die Herren nicht zum ersten Mal in der Stadt. Dennoch war es dabei nie zu Berührungspunkten mit meinen Tätigkeitsfeldern gekommen. Bisher.

»Atme, Donna, atme!«, forderte Sarah mich auf und musterte dabei akribisch mein Spiegelbild. »Alles okay bei dir?«

»Alles bestens«, log ich und vermied dabei, ihr direkt in die Augen zu sehen.

»Du hast doch etwas. Ich kenne dich lange genug, um zu wissen, dass etwas nicht stimmt. Was ist passiert? Hat Margot dich mal wieder geärgert? Oder gab es Probleme mit deinem penetranten Vermieter? Der wollte dir doch die Miete erhöhen. Richtig?«

»Er wollte nicht nur, er hat es getan. Wenn das so weitergeht, dann muss ich mir demnächst eine andere Bleibe suchen. Dabei liebe ich meine kleine Wohnung in Notting Hill, sie hat diesen megacosy Flair. Ich würde dort nur ungern ausziehen wollen.«

Sarah nickte beipflichtend.

»Verstehe ich total. In London etwas halbwegs Bezahlbares zu finden, kommt der Suche nach der Nadel im Heuhaufen gleich. Neben meinem Verlagsjob als Social-Media-Beauftragte kellnere ich inzwischen zweimal die Woche bei *TGI Friday's.*«

»Das hast du mir ja noch gar nicht erzählt.«

Erschrocken wandte ich mich zu meiner Freundin um.

»Ach, das ist auch nicht weiter erwähnenswert. Ich denke, es gibt viele, die sich auf kurz oder lang einen Zweitjob suchen müssen, um über die Runden zu kommen.«

Sarah zuckte mit den Achseln.

»Was ist nun mit diesem supersexy Kleid? Wirst du es kaufen? Bitte! Du musst einfach. Es sieht aus, als wäre es für dich geschneidert worden. Wenn ich nur ein paar Zentimeter größer wäre, würde ich es auch haben wollen. Aber ich sehe in diesen langen Abendroben immer aus wie ein Kleinkind, das sich die Klamotten seiner Mum aus dem Schrank geklaut hat, um eine Modenschau zu machen.«

Bei Sarahs Worten musste ich lachen.

»Das habe ich tatsächlich früher mal getan. Mum war stinksauer, weil ich nicht nur ihre Kleider aus dem Schrank gezogen, sondern auch noch ein heilloses Durcheinander angerichtet habe. Das Zimmer sah aus … Und erst ihre Schminkkommode! Zu einer Modenschau gehört schließlich auch das passende Make-up. Es war schrecklich. Seitdem benutze ich höchstens Puder und ein bisschen Mascara.«

»Das erklärt so einiges«, meinte Sarah.

»Was?«

»Egal. Probier doch noch die anderen Kleider, die wir rausgesucht haben, und dann schauen wir uns mal in der Kosmetikabteilung um. Es gibt viele tolle Produkte, mit denen wir deine natürliche Schönheit ein wenig unterstreichen können. Außerdem sollten wir mal zum Friseur. Oder besser gesagt zu einer richtig guten Stylistin. Keine Sorge, sie ist sehr nett … und verdammt hübsch.«

»Was wird das, wenn es fertig ist?«, fragte ich verunsichert.

»Heute ist der Tag, Donna, an dem wir aus der grauen Maus, als die du dich tarnst, die Donna hervorzuzaubern, die du sein könntest.«

»Warum ausgerechnet heute?«

Sarah zuckte abermals mit den Achseln.

»Ich muss heute nicht kellnern und habe also Zeit, die Welt zu verbessern.«

Sie grinste.

»Und die nimmst du dir ausgerechnet für mich. Deine Weltverbesserzeit?«

»Na, aber hallo! Du bist ein unglaublich wichtiger Mensch in meinem Leben, Donna.«

Bei ihren Worten schossen mir Tränen in die Augen.

Für den Wimpernschlag eines Augenblicks überlegte ich, Sarah von meinem Abkommen mit Mr Fernsby zu erzählen. Da er mich jedoch, noch bevor ich das Verlagshaus am heutigen Tag verlassen hatte, eine Verschwiegenheitserklärung unterschreiben lassen hatte, zögerte ich.

Am Ende brachte ich mit einer Unachtsamkeit nicht nur mich, sondern auch Sarah in Gefahr. Und sie brauchte ihren Job. Das hatte sie mir erst vor wenigen Minuten ausgiebig erklärt.

»Das ist so lieb von dir.«

Anstatt Sarah mit dem Deal zu belasten, der unseren Chef und mich in den nächsten Tagen enger verbinden würde als je zuvor, nahm ich sie ganz fest in meine Arme und dankte ihr mehrfach.

Denn ihre Weltverbesserzeit hätte ich nie mehr gebrauchen können als an diesem ersten Tag meiner Fake-

Beziehung zu Scott Fernsby. Noch immer wusste ich nicht so genau, was mich geritten hatte, diesem Deal zuzustimmen. Ich war in sein Büro gerauscht und hatte sogar Forderungen gestellt. Dabei war ich innerlich bei Weitem nicht so cool geblieben, wie ich es mir vorgenommen hatte. Die Idee, ihn seinerseits nach einem Gefallen zu fragen, war mir erst gekommen, als ich vor ihm stand. Schon allein, um es ihm in dieser dubiosen Angelegenheit nicht allzu leicht zu machen. Wenn ich schon seine Verlobte spielen sollte, dann wollte ich ihm immerhin auf Augenhöhe begegnen. O Mann! War das Ganze nicht doch eine Schnapsidee, die in einem peinlichen Desaster enden musste?

Als Sarah die Kabine verließ, stolperte sie beinahe über ein verliebtes junges Paar, das sich fest in den Armen hielt und wild knutschte.

Mit »Sucht euch ein Zimmer!« fand Sarah ziemlich direkte Worte für die beiden, während mir schlagartig ein Gedanke durch den Kopf schoss.

Würde man von mir auch erwarten, dass ich Scott küsste? Allein der Gedanke führte dazu, dass ich einen Würgereiz bekam und kräftig husten musste.

»Alles okay, Donna?«

Ich bemühte mich, mich wieder zusammenzureißen. Schließlich konnte keiner von mir verlangen, dass ich Scott so küsste, wie es die beiden Teenager vor uns taten. Das war schlichtweg unvorstellbar.

Scott Fernsby mochte ein gut aussehender Mann Anfang dreißig sein. Ich kannte viele Frauen, die ihn heiß fanden und gerne mehr Zeit mit ihm verbracht hätten. Aber für mich war der Kerl ein eingebildeter Schönling, der das Verlagshaus seiner Familie quasi mit der Babyrassel in die Wiege gelegt bekommen hatte, ohne je etwas dafür tun zu müssen.

Er hatte keine Ahnung von den Sorgen, die uns einfache Menschen umtrieben. Vermutlich hatte er auch keinen blassen Schimmer davon, dass viele seiner Mitarbeiter gezwungen waren, sich einen Zweitjob zu suchen, um einigermaßen durchzukommen. Denn Sarah war beileibe kein Einzelfall.

In den vergangenen Monaten hatte ich schon von vielen Kolleginnen gehört, die sich nach einer weiteren Einkommensquelle umsahen. Das Leben in London wurde stetig teurer, während die Löhne nicht angepasst wurden.

Selbst wenn ich es gewollt hätte, unter den aktuellen Bedingungen würde es mir nicht gelingen, eine Familie zu gründen. Es war ein Ding der Unmöglichkeit. Auch wenn meine Eltern und Granny sich nichts sehnlicher wünschten.

Aber die hatten auch gut reden. Granny lebte in den schottischen Highlands. Sie hatte ein kleines Cottage am Clachtoll Beach und war gut versorgt. Und meine Eltern lebten in Oxfordshire ebenfalls in ihrem eigenen Haus mit Garten. Dad war bis zu seiner Pensionierung Universitätsprofessor in Oxford gewesen, und Mum arbeitete in einem kleinen Blumengeschäft nur wenige Gehminuten von ihrem Wohnhaus entfernt.

Das Leben auf dem Land war natürlich himmlisch. Irgendwann, wenn ich es mir erlauben konnte, würde ich auch gern in einem kleinen Steincottage mit Garten wohnen. Nur dumm, dass es dort meist keine großen Verlage gab, für die man arbeiten konnte. Und Homeoffice war nur bedingt eine Option. Mr Fernsby erwartete von uns, dass wir mindestens zwei Drittel unserer Arbeitszeit im Büro verbrachten.

»Ja, entschuldige bitte. Mir gehen gerade tausend Dinge durch den Kopf. Meine Granny wird demnächst achtzig. Sie wird ein großes Fest geben.« Ich schaute hinüber zu den beiden Teenagern, die die Finger noch immer nicht voneinander lassen konnten. »Und sie wünscht sich nichts sehnlicher, als dass ich endlich heirate und Kinder bekomme.«

Sarah seufzte.

»Puh, das fühl ich gerade so richtig. Meine Eltern liegen mir damit auch ständig in den Ohren. Dabei wissen sie nur zu gut, dass ich auf Frauen stehe und Kinder für mich keine Option sind.«

»Und dann noch der ständige Druck, das Bankkonto nicht ins Minus abdriften zu lassen ...«, schob ich nach.

»Aber genug davon. Zieh mal die anderen Kleider an, und dann geht's rüber in die Kosmetikabteilung. Was deine Haare anbelangt, wird Phyllis ganz bestimmt etwas einfallen. Sie ist eine Prinzessin, du wirst sehen, und aus dir wird sie auch eine zaubern.«

Kapitel 6

Scott

»Scott, mein Junge! Wie schön, dass du deinen alten Großvater mal wieder besuchen kommst.«

Kaum dass Grandpa seinen Satz beendet hatte, wurde er von einem Hustenanfall geschüttelt, der mehrere Minuten andauerte.

Zeit seines Lebens war mein Großvater starker Raucher gewesen. Als der schlimme Husten anfing, hörte er zwar irgendwann mit dem Rauchen auf, der Husten blieb aber dennoch.

»Geht es wieder?«, fragte ich ihn, als er sich ein wenig erholt hatte.

»Mir ging es nie besser«, erwiderte er lächelnd, während ihm noch die Schweißperlen auf der Stirn glänzten.

»Kann ich irgendwas für dich tun?«, bot ich an.

Die Hilflosigkeit, seine Krankheit betreffend, lähmte mich. Anfangs hatte ich es sogar gemieden, Grandpa zu besuchen, da ich nicht wusste, wie ich damit umgehen sollte. Inzwischen war ich mir dessen bewusst, dass ich meinen Großvater damit bestrafte und mich selbst seiner Gesellschaft beraubte. Also war ich wieder dazu übergegangen, ihn zu sehen und meine Zeit mit ihm zu verbringen.

»Du kannst mir erzählen, wie es im Verlag läuft. Hast du einen großen Fisch an der Angel? Wie sind die täglichen Abläufe? Gibt es Probleme?«

Mein Grandpa würde sich wohl nie ändern. Das tägliche Verlagsgeschäft interessierte ihn noch immer. Daran würde auch der erzwungene Stillstand aufgrund seiner gesundheitlichen Abgeschlagenheit nichts ändern. Einmal Verleger, immer Verleger.

»Es ist alles bestens. Ich bin gerade in Gesprächen mit einem Bestseller-Autor aus den USA.«

Grandpa rümpfte die Nase.

»Als ich noch die Leitung des Verlagshauses innehatte, waren wir sehr darauf bedacht, dass wir die Schriftsteller unseres Landes unter Vertrag nehmen und ihnen eine Chance geben. Nur einzukaufen, was bereits zuvor gut lief, ist auf Dauer kein Alleinstellungsmerkmal.«

Ich seufzte innerlich bei Grandpas Worten.

Diese Unterhaltung führten wir schließlich nicht zum ersten Mal. Dennoch konnte oder wollte er nicht verstehen, dass sich die Zeiten geändert hatten. Er wusste nicht, dass ich heute Abend mit Mr Chang und seinem Gefolge zum Essen gehen und mit Donna an meiner Seite gute Miene zum bösen Spiel machen musste.

Mein Grandpa hatte keine Vorstellung von den Problemen, mit denen ich mich seit der Übernahme aus Asien herumschlagen musste. Und das war auch gut so. Er hatte sein ganzes Leben in den Verlag gesteckt und sich in jedweder Hinsicht dafür engagiert. Nun waren andere dran. Auch wenn diese noch nicht wussten, wie sie das Ruder herumreißen sollten.

Wenn ich an Donna McAlee dachte, dann wurde mir abwechselnd heiß und kalt. Vielleicht war sie doch nicht die beste Wahl für das pikante Arrangement, das ich mit ihr eingegangen war. Denn auch wenn sie einerseits besonders vielversprechende Charakterzüge hatte, fehlte ihr dennoch ein selbstsicheres Auftreten. Andererseits hatte ich sie ja gerade deshalb in Erwägung gezogen, weil sie Bodenständigkeit und Bescheidenheit ausstrahlen sollte, um meiner Position den Anstrich von Seriosität zu verleihen. Aber allein die Vorstellung, sie könnte heute Abend in ihrem grauen Nadelstreifenanzug bei dem Essen erscheinen, führte dazu, dass meine Hände sich klamm anfühlten.

Wäre es nicht doch besser gewesen, meine Sekretärin Margot zu fragen?

»Worüber denkst du nach, mein Junge? Dich beschäftigt doch etwas.«

Grandpa war schon immer ein guter Beobachter gewesen.

»Ach, nichts im Speziellen«, log ich, da ich ihn nicht beunruhigen wollte.

Reichte schon, dass ich kaum noch eine Nacht schlief.

»Als ich in deinem Alter war, war ich bereits verheiratet und Vater von zwei tollen Kindern. Was ist bei dir los,

Scott? Findest du die richtige Frau nicht, oder fischst du womöglich am anderen Ufer?«

Bei Grandpas allzu offenen Worten verschluckte ich mich an meiner eigenen Spucke.

»Nein, ich steh auf Frauen. Nur momentan ist einfach zu wenig Zeit, um die eine zu finden, Grandpa. Ich bin da ziemlich oldschool. So wie du. Ich möchte meine zukünftige Frau nicht über irgendeine Datingplattform kennenlernen. Am liebsten wäre es mir, sie würde mir einfach über den Weg laufen, und ich würde mich Hals über Kopf in sie verlieben.«

Grandpa lachte.

»Klingt ganz nach der Geschichte, wie ich damals deine Granny kennengelernt habe. Sie ist mir mit dem Wagen ihres Dads in meinen schicken neuen Chevi gefahren. Himmel, das gab Ärger! Und große Liebe. Die ganz große sogar. Ich kann dir gar nicht sagen, wie viel mir deine Großmutter bedeutet hat. Sie war mein Leben. Und jetzt, da ich meines schon seit fünf Jahren ohne sie leben muss, bin ich mir gar nicht mehr so sicher, ob es überhaupt noch einen Sinn ergibt.«

Bei seinen Worten kämpfte ich augenblicklich gegen die Tränen an, die mir in die Augen schossen. Granny war der einfühlsamste Mensch gewesen, den ich kannte. Sie war immer für jeden in unserer Familie da, half, wo sie nur konnte, und hatte eine wahnsinnige Freude daran, einfach bei uns zu sein. In meinem ganzen Leben war mir kein so aufopferungsvoller Mensch wie sie begegnet.

»Sie würde nicht wollen, dass du so sprichst, Grandpa. Das weißt du selbst.«

Er nickte bedächtig, während er auf das kleine Bild schaute, das auf dem Kamin stand und meine Großmutter und meinen Großvater am Tag ihrer Hochzeit zeigte.

»Du gehst zu wenig unter Leute, mein Junge. Warum schwingst du nicht mal wieder das Tanzbein oder fährst mit deinem neuen Chevi zu Tesco, um einzukaufen?«

Augenzwinkernd sah er mich an, während ein breites Schmunzeln auf seinen Lippen zutage trat.

»Ich denke, du hast recht. Ich sollte dringend mal wieder einkaufen gehen. Vor allem, da mein Kühlschrank nicht viel mehr als kalte Getränke vorzuweisen hat.«

Grandpa schüttelte den Kopf.

»Junge, manchmal frage ich mich wirklich, wie du zurechtkommst. Vielleicht sollte ich mal Pfeil und Bogen schnüren und mich in deinem Liebesleben als Amor versuchen. Viel schlimmer kann es schließlich nicht mehr werden.«

Nun lachten wir beide.

»Ach Grandpa, ich bin so gerne bei dir. Hier steht irgendwie die Zeit still. Das Haus riecht noch immer nach Zitrone und Veilchen. So wie damals, als Granny noch lebte.«

»Na, das ist keine große Kunst, mein Lieber. Ich benutze dasselbe Raumspray. Aber Spaß beiseite, ein Haus ist nur dann ein Heim, wenn es mit Leben gefüllt wird. Und ich würde mir nichts sehnlicher wünschen, als dass dieses Haus hier wieder voller Kinderlachen ist. Du solltest hier wohnen, wenn du eine Familie hast, Scott.«

Bei seinen Worten machte ich große Augen.

»Aber das ist dein Haus.«

Er winkte ab, ehe er einen neuerlichen Hustenanfall durchlitt.

»Meine Tage sind gezählt. Ich bin egoistisch, mein Junge. Ich will wissen, dass es hier mit den Fernsbys weitergeht. Also such dir endlich die richtige Frau aus. Ewig wird sie nicht auf dich warten, während sie da draußen umherläuft. Hör auf meine Worte.«

Kapitel 7

Donna

»Nicht die Augen öffnen! Hörst du? Wir hatten eine Abmachung.«

Sarah war einer der liebsten Menschen in meinem Leben. Und gleichzeitig auch der strengste.

»Ich will doch nur mal kurz gucken. Ich sitze hier jetzt schon eine halbe Ewigkeit auf diesem Frisierstuhl herum und habe keine Ahnung, was ihr aus mir gemacht habt. Ich könnte wie eine Vogelscheuche mit wilder Faschingsbemalung aussehen.«

Ein schriller Laut ertönte, den ich als Lacher aus Sarahs Richtung deutete. Ich erschrak dermaßen, dass es mir noch schwerer fiel, die Augen geschlossen zu halten.

»Du wirst begeistert sein, meine Liebe. Aber bis dahin musst du dich noch ein wenig gedulden. Hörst du?«

Wieder vergingen Minuten oder Stunden – so genau konnte ich das nicht mit Gewissheit sagen –, während ich einfach nur dasaß, die Augen geschlossen hielt und mir Gedanken darüber machte, wie ich am Ende dieses Experiments aussehen würde.

Gleichzeitig wuchs meine Aufregung vor dem heutigen Abend mit jeder Sekunde, die verstrich, weiter an. Es war kaum noch auszuhalten. Und anstatt mich zu bewegen und mich abzulenken, saß ich hier auf diesem Stuhl fest und konnte nichts tun, als abzuwarten.

Schrecklich!

Nach dem Nachmittag im *Harrods*, der viel schöner gewesen war, als ich es erwartet hätte, waren Sarah und ich mit einer Tüte und drei Kleidern darin, von denen ich nicht wusste, wann ich sie je anziehen würde, und einer kleinen, aber sehr feinen – sprich teuren – Auswahl an Kosmetika zu einer mit ihr befreundeten Friseurin gegangen, für die Sarah neuerdings schwärmte.

Philis war offen, warmherzig und schien – zu meiner Freude – tatsächlich auch ein Auge auf Sarah geworfen zu haben. Leider hatte ich bisher noch nicht die Möglichkeit gehabt, groß mit ihr zu reden, da sie sich voll und ganz in meine äußere Verwandlung – wie es Sarah genannt hatte – vertieft hatte.

Meine äußere Verwandlung, ging es mir durch den Kopf. Vielleicht hätte ich die bereits damals gebraucht, als Rupert und ich ... Vielleicht hätte er es gern gesehen, wenn ich mehr Wert auf mein Äußeres gelegt hätte. Damals war ich lieber in der Natur unterwegs gewesen, anstatt mich darin zu üben, auf dem gesellschaftlichen Parkett eine gute Figur zu machen. Und danach ... Nachdem Ruperts Verrat mir den Boden unter den Füßen weggezogen hatte, war ich vollständig in meine geliebte Welt der Bücher abgetaucht.

»Okay, es ist so weit«, hörte ich plötzlich Sarah sagen.

»Darf ich die Augen endlich aufmachen?«, fragte ich nach, weil ich mich vergewissern wollte, dass der Moment auch wirklich gekommen war.

»Du darfst sie jetzt öffnen«, bestätigte mir nun auch Philis.

Als ich meine Lider schließlich aufschlug, dauerte es erst etwas, bis sich meine Augen an die Lichtverhältnisse gewöhnt hatten.

Mir gegenüber an der Wand war ein Spiegel angebracht. Aber … nein. Das konnte kein Spiegel sein. Das musste eine andere Frau sein, die mir dort gegenübersaß. Oder etwa nicht?

»Bin das wirklich ich?«, fragte ich fassungslos, während ich mit den Tränen rang.

»Das bist wirklich du, mein Schatz.«

Sarah stand hinter mir und sah sich mit mir gemeinsam mein Spiegelbild an.

»Meine Haare … Ich erkenne sie kaum wieder. Sie haben so etwas wie einen Schnitt. Und die Farbe ist wundervoll. Das Braun leuchtet ja richtiggehend. Und wie habt ihr es bitte hinbekommen, dass meine Augen so groß wirken? O mein Gott, ist das Rouge auf meinen Wangen?«

Philis und Sarah lachten.

»Das, meine liebe Donna, ist ein einfaches Tages-Make-up. Gerne zeige ich dir auch noch mal, wie du das selbst ganz leicht hinbekommst. Das Highlight in deinem Gesicht sind heute deine Augen. Die habe ich ganz besonders in

Szene gesetzt, weil ich sie unglaublich schön finde. Ansonsten kannst du natürlich auch deine Lippen betonen. Die sind mindestens ebenso so schön.«

Philis strahlte, woraufhin Sarah ihr einen intensiven Blick von der Seite zuwarf. Offenbar empfand sie auch etwas für sie. Na, da konnte ich nur hoffen, dass die beiden auch zueinanderfanden. Sie würden ein sehr schönes Paar abgeben.

Außerdem könnten sie gemeinsam einen Service anbieten, wenn Sarah mit den Kundinnen einkaufen ging und Philis im Anschluss an die Shoppingtour das Make-up und die Frisur zauberte. Diese Verwandlungsshows im Fernsehen waren der Renner. Sarah und Philis im Doppelpack waren unschlagbar.

»Wow, ich bin einfach nur sprachlos. Das ist unglaublich, was ihr beide heute für mich getan habt.«

Als Sarah die Tränen in meinen Augen schimmern sah, erhob sie mahnend den Zeigefinger in die Höhe.

»Du wirst jetzt unter gar keinen Umständen zu weinen anfangen. Hörst du? Dein Make-up ist perfekt. Und so soll es doch bleiben.«

»Wir drei könnten uns einen schönen Abend machen«, schlug Philis prompt vor.

Und es brach mir das Herz, dass ich den Vorschlag ablehnen musste.

»Heute geht es leider nicht.«

Sarah sah mich mit großen Augen an.

»Sag bloß, du hast ein Date. Nicht dein Ernst? Doch, du hast eins. Ich fass es nicht. Wir sind den kompletten Nachmittag zusammen unterwegs gewesen, und erst jetzt sagst du mir, dass du ein Date hast? Unglaublich. Und gleichzeitig ist das doch das Beste, was uns passieren konnte. Auf diese Weise kannst du sofort testen, wie dein neues Ich ankommt. Kenne ich den Mann?«

Bei Sarahs Frage schüttelte ich so heftig meinen Kopf, dass ich befürchtete, ein Schädel-Hirn-Trauma davonzutragen. Aber ich konnte Sarah schließlich nicht sagen, dass ich mich mit niemand Geringerem als unserem Chef traf. Und ein paar weiteren Männern und Frauen einer asiatischen Delegation aus Hongkong.

In diesem Moment betete ich inständig zu einer höheren Macht, dass Sarah nie erfahren würde, worauf ich mich bei dem Deal mit Mr Fernsby eingelassen hatte. Und ich hoffte, dass ich dieses Kapitel schnellstmöglich aus meinem Leben streichen konnte. Am liebsten wäre es mir jedoch gewesen, es hätte nie begonnen.

»Zur Feier des Tages sollten wir mit einem Sekt anstoßen«, entschied Philis und war schon im nächsten Moment verschwunden.

»Sie ist toll«, flüsterte ich Sarah zu.

»Ich weiß. Allerdings befürchte ich, dass ich nicht ganz in ihrer Klasse spiele.«

»Wie bitte? Hast du denn gar nicht bemerkt, wie sie dich angesehen hat, als wir den Laden betreten haben? Sie steht total auf dich, wartet aber offenbar darauf, dass du den ersten Schritt machst«, mutmaßte ich.

»Hört, hört, Donna, die Date-Ärztin spricht.«

Sarah wackelte bei ihren Worten anzüglich mit ihren Augenbrauen.

»Nein, ganz im Ernst. Ich habe da ein gutes Gefühl bei euch beiden.«

Sarah schmunzelte.

»Und ich habe ein gutes Gefühl bei dem Date, das du heute Abend haben wirst. Wie hast du ihn kennengelernt?«

Nun brauchte ich dringend eine plausible Geschichte, wer Mr X sein könnte. Vor allem aber durfte ich mich unter keinen Umständen in Widersprüche verstricken. Allein bei diesem Gedanken brach mir schon der kalte Angstschweiß aus.

»Über Tinder«, behauptete ich, obwohl ich dort nicht mal einen Account hatte.

Aber das war jetzt auch nicht so wichtig. Sarah würde sich schließlich nicht mein Handy schnappen, um nachzusehen, ob ich die App installiert hatte.

»Tinder? Echt jetzt? Datet man denn da noch? Ich dachte, dass man dort nur Idioten findet, die einen ins Bett zerren wollen.«

»S... Samuel ist anders.«

Was zur Hölle tat ich da? Ich ergriff Partei für einen Mann, den es nicht mal gab. Warum hatte ich Sarah nicht einfach recht gegeben? Dann wäre die ganze Sache vermutlich schon längst wieder vom Tisch.

»Hast du ein Bild von ihm?«

Ich schüttelte den Kopf, während mir abwechselnd heiß und kalt wurde.

Jetzt war es also so weit. Jeden Moment würde Sarah mir auf die Spur kommen, und dann war guter Rat teuer. Wie sollte ich ihr bloß erklären, dass ich ausgerechnet mit unserem Schönling von Chef, den wir beide nicht besonders leiden konnten, ausgehen würde? Das war Hochverrat. Hochverrat an unserer Freundschaft und dem unerschütterlichen Vertrauensverhältnis, das wir miteinander hatten.

»Ich …«

Noch ehe ich mir eine fadenscheinige Ausrede einfallen lassen konnte, öffnete Philis die Tür und trat mit einem Tablett in der Hand auf uns zu.

»Eine Runde Sekt für uns drei Hübschen«, flötete sie und war schon im nächsten Moment bei uns, um uns die Gläser zu überreichen.

Sarah hatte prompt ihren Faden verloren. Wofür ich Philis wahrlich sehr dankbar war.

»Auf einen schönen Abend mit Samuel«, sagte Sarah und hob das Glas.

»Wem?«, fragte ich unkonzentriert nach.

»Dein Date? Schon vergessen?«

Sarah lachte und sah mich dabei so durchdringend an, dass es mir schwerfiel, ihr nicht sofort alles zu beichten.

»Oh, ja … Mein Date … Tja, ich muss dann leider auch mal langsam los. Tut mir total leid, dass ich nicht länger bleiben kann. Danke für alles. Das werde ich euch nie vergessen.«

Etwas überschwänglich kippte ich den Inhalt meines Glases die Kehle hinunter, um mir ein wenig die Angst vor dem bevorstehenden Treffen zu nehmen.

Ich spürte dabei Sarahs und Philis' Blicke in meinem Rücken, drehte mich allerdings erst zu ihnen um, als ich schon draußen war. Durch die Fensterscheibe hindurch winkten die beiden mir zu, während sie sehr eng beieinanderstanden.

Das mit den beiden konnte wirklich was werden.

Kapitel 8

Scott

»Sollen wir dann losfahren? Der Londoner Verkehr ist zur Rushhour eine mittlere bis schwere Katastrophe«, erklärte mir mein Chauffeur, als wäre ich neu in der Stadt und hätte nicht schon selbst unzählige Male dieses Chaos erlebt.

»Wir warten noch«, erwiderte ich nun bereits zum dritten Mal und versuchte dabei ruhig und gelassen zu klingen, auch wenn es mir zunehmend schwerfiel.

Was hatte ich mir nur dabei gedacht, ausgerechnet Miss Unpünktlich für diese Mission zu engagieren? Da hätte ich die Segel auch gleich streichen können. Ich hätte wissen müssen, dass sie auch heute nicht rechtzeitig erscheinen würde. Dabei hatte ich ihr mehrfach eingeschärft, wie wichtig dieser Termin heute Abend war.

Anstatt auf mein diffuses Bauchgefühl zu hören, hätte ich mir einen Profi für das heutige Geschäftsdinner besorgen sollen. Nun hatte ich den Salat.

Mit vor Wut geballten Fäusten saß ich auf der Rückbank des Bentleys und harrte der Dinge, die da kamen. Ihr Handy hatte Miss Unpünktlich ausgeschaltet. So langsam, aber sicher verlor ich die Geduld mit der Frau. Wenn sie nicht morgen mit einer Kündigung rechnen wollte, dann sollte sie exakt jetzt …

»Es tut mir so leid. Der Bus … Er kam nicht, und dann …«

Donna McAlee ließ sich neben mich auf die Rückbank fallen, legte den Gurt um und quasselte irgendetwas von einer Verkettung unglücklicher Umstände, die sie aufgehalten hätten. Den Rest hörte ich nicht mehr. Ich war zu sehr abgelenkt.

Gonzalez, mein Fahrer, schlängelte sich geschmeidig wie eine Katze durch den Verkehr, während ich nicht anders konnte, als die Frau, die neben mir Platz genommen hatte, von oben bis unten zu mustern.

Zuallererst fragte ich mich, ob das wirklich Donna McAlee war. Sie klang zwar so wie sie, sah aber komplett anders aus. Aus dem grauen Mäuschen von heute Morgen war ein wunderschöner Schwan geworden.

Die sonst immer zerzausten Haare waren geglättet und in Form gebracht worden. Sie glänzten so sehr, dass ich das Bedürfnis verspürte, mit meinen Händen darüber zu streichen.

Die Brille hatte sie heute offenbar gegen Kontaktlinsen eingetauscht. Oder gleich ganz auf eine Sehhilfe verzichtet. Vielleicht benötigte sie sie nicht unbedingt. Zum Vorschein kamen so die zwei schönsten blauen Augen, die ich je gesehen hatte. Die weißen und goldenen Sprenkel darin funkelten um die Wette, während ihre vollen Lippen nach wie vor Worte bildeten, die nicht bis zu mir durchdrangen.

Und dann dieses Kleid … Ich fand keine Worte dafür. Es war eng anliegend, schlicht schwarz, aber es schimmerte glänzend. Nie zuvor war mir aufgefallen, was für eine umwerfende Figur die Lektorin meines Verlags hatte. Zudem noch dieser betörende Duft …

»Mr Fernsby? Mr Fernsby?«

Donnas Worte rissen mich aus meinen Gedanken.

»Waren wir nicht längst beim Du angekommen?«, mahnte ich.

Donna strich sich mit der Zunge über die Lippen und sah dabei drein, als wäre ich der große böse Wolf, der sie jeden Augenblick wie eines der sieben Geißenkinder verschlingen würde.

»Ja, entschuldigen Sie … ich meine, entschuldige bitte, Scott.«

Fasziniert starrte ich sie an. Sie sah aus wie ein Vamp, klang allerdings nach wie vor wie das kleine graue Mäuschen von Verlagslektorin. Es fiel mir schwer, diese beiden Bilder im Kopf zusammenzubringen.

»Donna, du siehst unglaublich aus«, platzte es aus mir heraus.

Es gelang mir einfach nicht, länger mit meiner Meinung hinterm Berg zu halten. Donna McAlee hatte mich überrascht. Und das durchweg im positiven Sinne.

»D-danke«, stotterte Donna und schob sich verlegen eine Haarsträhne hinters Ohr.

Sie lächelte zaghaft und strich sich das Kleid glatt. Ganz so, als würde sie sich nicht ganz wohl in ihrer Haut fühlen.

»Ich freue mich schon auf den Abend mit dir«, sagte ich, einem Impuls folgend.

Donna errötete leicht und lächelte wie ein kleines Schulmädchen. Sie sah süß aus, wie sie so neben mir saß und nicht einmal ansatzweise begriff, wie heiß sie war. Oder war sie am Ende nur eine richtig gute Schauspielerin?

Nein, das traute ich ihr nicht zu. Sie war mehr die natürliche Schönheit. Nur, dass sie diese bisher immer gut unter dem hässlichen grauen Nadelstreifenanzug und hinter der unvorteilhaften schwarzumrandeten Brille versteckt hatte.

Aber warum machte ich mir ausgerechnet jetzt Gedanken darüber? Und warum schien mein ganzer Körper plötzlich wie magnetisch von ihr angezogen zu werden? Das war doch vollkommener Irrsinn. Schließlich handelte es sich bei der Person neben mir immer noch um Donna McAlee.

Allerdings um die sexy Variante von Donna McAlee, half mir meine innere Stimme auf die Sprünge.

Und leider musste ich ihr recht geben.

»Wo fahren wir denn hin?«

Donna sah mich mit einem Augenaufschlag an, der seinesgleichen suchte.

»Ähm, ja, also wir fahren ins Ritz«, erklärte ich ein wenig unbeholfen.

Was zur Hölle war bloß mit mir los? Ich konnte neben Donna kaum noch einen klaren Gedanken fassen, da ich nahezu in jeder Faser meines Körpers das Bedürfnis verspürte, sie zu berühren und von ihren Lippen zu kosten.

»Ins Ritz also«, erwiderte Donna und klang dabei ziemlich aufgeregt.

Als sie daraufhin ihre Hände unruhig knetete, hatte ich Gewissheit.

»Es ist nur ein Restaurant«, versuchte ich sie zu beruhigen, während ich mich fragte, wann die letzte Frau, mit der ich mich im Ritz verabredet hatte, so natürlich ihre Gefühle gezeigt hatte.

In der Vergangenheit war ich viel zu oft mit Frauen ausgegangen, denen das Ritz als zweite Heimat galt. Für sie schien es nichts Außergewöhnliches zu sein. Manchmal hatte ich sogar das Gefühl, es langweilte sie.

Für Donna hingegen schien es eine ganz neue Welt zu sein, in die sie in wenigen Augenblicken womöglich sogar das erste Mal eintauchen würde. Aus mir unerfindlichen Gründen genoss ich die Vorstellung, dass ausgerechnet ich derjenige sein würde, der Cinderella zu ihrem ersten großen Ball begleiten durfte.

»Wir sind in wenigen Minuten da«, erinnerte uns Gonzalez unnötigerweise.

Wenn überhaupt möglich, dann wirkte Donna nun noch eine Spur verspannter. Eine kleine Furche hatte sich auf ihrer sonst makellosen Stirn gebildet, während sie unregelmäßig atmete.

»Mein Großvater hat mir, als ich noch klein war, mal einen Tipp gegeben.«

Donna sah mich mit leicht zusammengekniffenen Augen an. Offenbar hatte sie keinen blassen Schimmer, worauf ich hinauswollte.

»So?«

»Ich war vielleicht acht oder neun, als ich ihn das erste Mal zu einer richtig großen Veranstaltung des Verlagshauses begleiten durfte. Ich war so aufgeregt, dass ich Tage zuvor kein Auge zugemacht habe.«

Auf Donnas Lippen breitete sich ein Lächeln aus.

»Jedem in meiner Klasse habe ich davon erzählt, und meine Mutter hat mir für den Anlass sogar extra einen Anzug schneidern lassen. Als die Veranstaltung schließlich anstand, war ich das reinste Nervenbündel. Denn ich sollte zudem auch noch das erste Mal auf einer Bühne stehen und eine kleine Rede halten.«

Donna machte große Augen.

»Vor knapp dreihundert geladenen Gästen. Mein Grandpa hat mich zur Seite genommen, weil er spürte, wie sehr ich mich davor fürchtete, und meinte dann, ich solle mir einfach alle nackt vorstellen, die dort unten auf ihren Plätzen saßen.«

»Und das hat geholfen?«, fragte Donna ungläubig.

»Nicht so wirklich«, gestand ich mir ein und lachte.

»Um ehrlich zu sein, war es dadurch fast noch ein bisschen schwieriger. Ich wollte nämlich unter gar keinen Umständen nackte Menschen sehen. Das wäre mir schrecklich peinlich gewesen. Zum Glück war das ja auch nicht der Fall gewesen. Das hat mich dann so beruhigt, dass ich mich einem Saal voller Menschen stellen konnte.«

Donna lächelte, während sich unsere Blicke ineinander verfingen.

Sosehr ich mich auch bemühte, es wollte mir schlichtweg nicht gelingen, den Blickkontakt zu ihr zu unterbrechen. Alles um uns herum spielte plötzlich keine Rolle mehr. Es war fast so, als gäbe es nur noch Donna und mich. Und sonst nichts.

»Wir sind da«, verkündete Gonzalez, und es war, als weckte er uns aus einem Tagtraum.

Ich schüttelte meinen Kopf leicht, der sich noch immer benommen anfühlte.

Was war nur los mit mir? In wenigen Minuten ging es um nichts weniger als meine Existenz – und die all meiner Mitarbeiter – und ich flirtete hier ausgerechnet mit Donna McAlee, die bereits seit Jahren mit mir gemeinsam in dem Verlagshaus meiner Familie tätig war.

Doch bis zu diesem Abend war sie mir nie wirklich aufgefallen. Nicht so, wie sie wirklich war.

»Wir sollten jetzt wohl besser aussteigen«, erinnerte mich Donna, als Gonzalez bereits die Tür geöffnet und ihr die Hand geboten hatte.

»Richtig. Das erscheint mir eine gute Idee zu sein.«

Kapitel 9

Donna

Mein Herz schlug mir bis zum Hals, während ich auf meinen ungewohnt hohen Schuhen Halt suchte. Verunsichert atmete ich einmal tief ein und wieder aus, um ein wenig zur Ruhe zu kommen. Doch so recht wollte es mir nicht gelingen.

Scott, der offenbar bemerkt hatte, wie schwer ich mir auf den Stilettos tat, reichte mir seinen Arm, damit ich mich bei ihm unterhaken konnte. Dabei schenkte er mir abermals dieses warme herzliche Lächeln, das mir in all den Jahren, seit ich ihn kannte, kein einziges Mal begegnet war.

»Danke«, sagte ich kaum hörbar, während wir noch immer auf dem Gehsteig vor dem Ritz standen.

Das imposante Gebäude aus der Belle Époque ragte schier bis in den Himmel empor. Die mondäne Außenbeleuchtung ließ es größer und Angst einflößender auf mich wirken. Dabei war es ein äußerst geschichtsträchtiges Hotel.

Das Anfang des Zwanzigsten Jahrhunderts gebaute Haus, das an die Architektur in Paris erinnern sollte, war das erste Hotel, in dem jede Suite ein eigenes Badezimmer besessen hatte. Zwar war ich noch nie selbst im Ritz gewesen, allerdings hatte ich irgendwo mal gelesen, dass die Decke des Restaurants verstärkt werden musste, weil die normale Saaldecke das Gewicht der vielen schillernden Kronleuchter nicht halten könnte.

Und während des Zweiten Weltkrieges hatten sich Eisenhower, Churchill und de Gaulle in der Marie-Antoinette-Suite getroffen, um sich über die Lage und den weiteren Verlauf des Krieges zu besprechen.

Eine gewisse Ehrfurcht ergriff mich, während ich meinen Blick über die Außenfassade gleiten ließ.

»Es ist nur ein Haus. Und nackt«, flüsterte mir Scott schelmisch grinsend zu, während ich nicht anders konnte, als zu lachen.

Unsere Blicke trafen sich und konnten nicht mehr voneinander lassen. Um uns herum herrschte reges Treiben. Doch das alles schien gar nicht mehr wichtig zu sein. Es gab nur ihn und mich.

Das ist ein geschäftliches Abkommen, auf das du dich da eingelassen hast, Donna. Scott Fernsby ist noch immer dein Chef. Das hier ist kein Date. Ich wiederhole: Das hier ist kein Date, ermahnte mich meine innere Stimme.

Und auch wenn es mir sehr schwerfiel, musste ich ihr recht geben. Scott würde morgen im Verlag den Alltagstrott wieder aufnehmen und zu seinem üblichen Umgangston zurückkehren. Das hier war eine einmalige Sache und nichts, was sich in Zukunft wiederholen würde.

»Autsch!«

Bei meinem nächsten unbeholfenen Schritt stolperte ich, rutschte auf dem Absatz aus und verlor dabei einen Schuh. Wenn Scott mich nicht gehalten hätte, dann wäre ich jetzt vermutlich ziemlich ungrazil der Länge nach auf dem Boden aufgeschlagen und hätte mir sonst was gebrochen.

»Das war knapp«, brachte es Scott auf den Punkt und sah mich besorgt an.

»Alles gut. Es geht schon«, beschwichtigte ich ihn und gleichzeitig auch mich, während ich versuchte, zurück in meinen verdammten Schuh zu gelangen.

Aber das war gar nicht so einfach, wenn der ganze Körper vor Aufregung bebte und man plötzlich das Gefühl hatte, mit einem Nilpferdfuß in einen Mäuseschuh passen zu müssen.

Zu meiner Verwunderung kniete sich Scott vor mich hin, nahm den Schuh und half mir schließlich ganz gentlemanlike hinein.

Reglos stand ich da, während er meinen Fuß berührte. An der Stelle fühlte es sich so an, als würde ich lichterloh in Flammen stehen. Mein Herz, das inzwischen völlig aus dem Takt geraten war, gab einen Beat von sich, der im Entferntesten an das *MMMBop* der Hanson Brothers erinnerte.

»Geht's wieder?«, fragte Scott mich, nachdem er wieder aufrecht neben mir stand.

Ein betörender Duft aus Männlichkeit und Sandelholz stieg mir in die Nase und vernebelte mir die Sinne, während mein Gegenüber mich abermals so tiefgründig ansah, dass ich jedes Gefühl für Zeit und Raum verlor.

»J-ja. D-doch. Es geht sch-schon«, stammelte ich vor mich hin und ärgerte mich, dass ich mich so unsicher fühlte.

Sarah und Philis hatten einen ganzen Nachmittag für mich geopfert, um aus mir eine Erscheinung zu machen, die ich nicht ansatzweise so in mir erwartet hätte. Und jetzt konnte ich kaum einen Fuß vor den anderen setzen, ohne dabei nachdenken zu müssen, wie das mit dem Laufen noch mal ging.

Ich wurde wütend. Wütend auf mich selbst. Anstatt hier wie ein eingeschüchtertes Reh einen Ausweg durch die Hecke zu suchen, sollte ich mich der Herausforderung stellen und mich daran erinnern, warum ich mich auf diesen Abend eingelassen hatte.

Die versprochene Beförderung würde mich meinen Zielen einen großen Schritt näher bringen, und das war mit Sicherheit etwas, worauf ich mich freuen konnte. Nicht zu vergessen der Gefallen, den Scott mir zudem noch schuldete. Mein Joker, sozusagen.

»Wollen wir dann?«

Scott reichte mir abermals seinen Arm. Gemeinsam schritten wir schließlich die wenigen Schritte zum Ritz empor. Oben öffnete uns freundlich lächelnd ein Portier die Tür und entführte uns damit in eine Welt, von der ich längst glaubte, es gäbe sie nicht mehr.

Die Eingangshalle des Ritz war mit Teppichen ausgelegt und eher klein und damit familiär gehalten. Auf diese Weise erinnerte es mehr an einen Prachtbau eines Lords oder eines Earls, und ich fühlte mich unvermittelt in die nächste Staffel von Downton Abbey hineingestoßen.

»Du kannst den Mund wieder zumachen.«

Scott machte sich offenbar lustig über mich.

Aber während er hier wahrscheinlich schon mit fünf Jahren ein und aus spaziert war, hatte ich das Ritz bisher immer nur von außen gesehen. Ich hätte es nie gewagt, das Haus auch nur zu betreten, geschweige denn, mich darin umzusehen.

Dementsprechend war das hier ein ganz besonderer Augenblick für mich.

»Ich war noch nie im Ritz«, erklärte ich Scott.

»Aber du hast doch in der Stadt studiert«, merkte er an, woraufhin ich ihn prüfend ansah.

Offenbar hatte er sich meine Personalunterlagen angesehen. Noch wusste ich nicht, was ich von diesem Umstand halten sollte. Aber vermutlich war das ein Ergebnis der Recherche gewesen, als er sich aus der Belegschaft des Verlagshauses jemanden für den heutigen Abend ausgesucht hatte.

Warum seine Wahl dabei ausgerechnet auf mich gefallen war, war mir nach wie vor schleierhaft.

»Ja, ich lebe schon einige Jahre in London. Aber ins Ritz wäre ich nie einfach so hineinspaziert. Das war immer unerreichbar für mich.«

Es fiel mir nicht ganz leicht, mit Scott so offen über meine Gefühle zu sprechen. Bis vor diesem Abend hatte ich noch nie etwas Persönliches von mir mit ihm geteilt. Aber nachdem er mir die Geschichte von seinem Großvater erzählt hatte, befand ich, dass ich ehrlich zu ihm sein sollte.

»Ich verstehe.«

Zwei Worte und das Gefühl, etwas furchtbar Dummes gesagt zu haben, lasteten schwer auf mir. Was hatte ich falsch gemacht? Wäre es doch besser gewesen, lieber nicht zu verraten, dass ich mich in dieser Umgebung etwas fehl am Platz fühlte?

Scott schob seine Hände in die Hosentaschen und sah mich einige Augenblicke prüfend an. Ich hasste es, wenn sein Blick so schwer auf mir lag und ich keinen blassen Schimmer hatte, was in seinem Kopf vor sich ging.

»Lass uns wieder hierherkommen. Ein anderes Mal. Nur wir beide.«

Seine Worte trafen mich vollkommen unvorbereitet. Ich wusste weder, wie ich darauf reagieren noch was ich darauf erwidern sollte.

Also nickte ich schließlich nach einer halben Ewigkeit mit dem Kopf, ohne weiter darauf einzugehen, während meine Gedanken sich förmlich überschlugen.

War das ein Date? Ein echtes? Nein, das konnte nicht sein. Mein Chef würde doch nie auf die Idee kommen, mich zu einem Date im Ritz einzuladen. Oder? Ich musste etwas falsch verstanden haben. Ja, so musste es sein.

Die Vorstellung, Scott könnte mehr Zeit als unbedingt nötig mit mir verbringen wollen, war absurd. Schließlich war er noch immer mein Chef. Und ich seine Angestellte.

»Mr Fernsby, Sie werden bereits sehnsüchtig erwartet.«

Ein untersetzter Mann mit äußert filigran gestriegeltem Schnauzbart, der mich an den von Hercule Poirot erinnerte, tauchte wie aus dem Nichts neben uns auf.

»Guten Abend, Mr Wilkins«, begrüßte ihn Scott freundlich und deutete dabei auf mich. »Darf ich Ihnen meine heutige Begleiterin vorstellen? Das ist Donna McAlee.«

»Eine Schottin?«, erwiderte er angetan. »Auch meine Familie lebte bis vor ungefähr hundertfünfzig Jahren in den schottischen Highlands. Dann hat uns die Industrialisierung nach London geschwemmt. Dennoch fühlen wir uns nach wie vor mit der Heimat verbunden. Wo stammen Sie her, wenn ich fragen darf?«

Das unerwartete Interesse an mir und meiner Person überforderte mich im ersten Augenblick. Doch Scott nickte mir aufmunternd zu, sodass ich schnell wieder zu meiner Sprache fand.

»Wir stammen aus Clachtoll. Meine Großmutter lebt dort noch immer in einem bezaubernden kleinen Cottage, unweit des Strandes.«

Mr Wilkins schlug die Hände zusammen.

»Eine traumhaft schöne Gegend«, schwärmte er.

»Da haben Sie einen guten Fang gemacht, Mr Fernsby«, meinte er dann an Scott gerichtet, woraufhin ich gleich wieder errötete.

»Wir sollten hineingehen«, erwiderte Scott, ohne auf die Worte von Mr Wilkins einzugehen.

»Selbstverständlich«, bekräftigte dieser.

Schon im nächsten Augenblick öffnete er uns die Tür zum Restaurant, und mir blieb beim Anblick des Glanzes, der opulenten Ausstaffierung des Raums und der zeitlosen Eleganz fast die Luft weg.

»Geht's?«, fragte Scott dicht neben mir.

Bei seinen Worten konnte ich seinen Atem an meinem Hals spüren. Eine Gänsehaut überzog sogleich meinen ganzen Körper. Ich fröstelte leicht.

Schon bereute ich es, dass ich mir keine Jacke über das Kleid gezogen hatte. Aber wenn ich ehrlich war, dann hätte ich in meinem Kleiderschrank ohnehin nichts Passendes dazu gefunden. Also war es besser, ich fror, anstatt mich bis auf die Knochen zu blamieren.

»Mir ist nur ein bisschen kalt. Sonst ist alles okay«, wisperte ich, noch immer erschlagen von den Eindrücken des heutigen Abends.

Scott musste denken, ich lebte sonst als Eremitin irgendwo in einem der Stadtparks London. Aber ich konnte einfach nicht aus meiner Haut. Das hier war so spannend und aufregend, eben etwas ganz Neues für mich. Und darüber konnte ich nicht einfach hinwegschauen. Ich fühlte mich in diesen heiligen Hallen wie in einem Märchen.

Schon im nächsten Augenblick streifte mir Scott seine Jacke über.

»Sieht gar nicht mal schlecht aus zu deinem Kleid. Außerdem schauen die Leute so vielleicht ein bisschen weniger interessiert in deine Richtung.«

Erst jetzt fiel mir auf, dass viele Augenpaare der Gäste, die an den einzelnen Tischen saßen, auf mich gerichtet waren. Das hätte mir Scott nicht sagen sollen. Schlagartig hatte ich das Bedürfnis, mich winzig klein zu machen und durch ein Loch im Boden zu verschwinden.

Beides war auf die Schnelle jedoch nicht machbar. Mir blieb nichts anderes übrig, als die Schultern zu straffen und auch den restlichen Weg über das spiegelglatte Parkett zu bewältigen.

»Dahinten, Sir«, sagte Mr Wilkins und führte uns an einen der runden Tische, an dem bereits ein älterer Herr neben einem jüngeren Mann und einer mittelalten Frau saß.

Kaum dass wir am Tisch angelangt waren, erhoben sie sich von ihrem Platz und verbeugten sich leicht vor uns.

»Das ist Mr Chang mit seiner Assistentin Mrs Liu und seinem Sohn«, stellte Scott mir die drei vor.

Sie verbeugten sich erneut.

»Und das ist meine Verlobte, Donna McAlee.«

Nun verbeugte ich mich zaghaft und hoffte, dabei keinen Fehler zu machen.

Mein Blick glitt zu Scott hinüber. Wenn ich mich nicht täuschte, dann wirkte er nun viel ernster und verkrampfter als noch vor wenigen Minuten. Worum ging es hier? Beunruhigte ihn dieses Essen etwa? Aber warum? Etwas lag in der Luft. Ich konnte nur noch nicht sagen, ob mich die Ahnung erfreute oder mir Angst machte.

»Wie schön, dass Sie es einrichten konnten.«

Mr Chang deutete auf die beiden freien Plätze. Offenbar war er ein wenig verstimmt darüber, dass wir zu spät gekommen waren.

»Der Londoner Verkehr …«, hob Scott erklärend an.

»Es ist nicht der Londoner Verkehr, der dazu geführt hat, dass Sie zu spät sind, Mr Fernsby. Denn der Londoner Verkehr ist jeden Tag gleich. Wenn mich nicht alles täuscht, dann hat Ihre charmante Begleitung im Bad ein wenig länger gebraucht als sonst.«

»Schuldig im Sinne der Anklage«, polterte es da auch schon aus meinem Mund.

73

Auf keinen Fall wollte ich, dass Scott meinetwegen Probleme bekam. Schließlich sollte ich ihn ja begleiten, damit dieses Zusammentreffen glatt über die Bühne ging. Und da er nun nicht ganz so souverän wirkte, wie ich ihn kannte, bemühte ich mich, ihm beizustehen.

Nur dummerweise hatte ich keine Ahnung, wie genau das aussehen sollte. Ich wusste nicht, worum es hier im Einzelnen ging, und schließlich hatte ich mich bisher noch nie in einer ähnlichen Situation befunden. Und das zudem noch im Ritz.

»Das Resultat überzeugt, Miss McAlee«, sagte Mr Chang in seinem gewohnt britisch klingenden Englisch.

Wenn ich nicht gewusst hätte, dass die Delegation aus Hongkong war, hätte ich vermutet, Mr Chang lebte seit seiner Geburt in England, so gut war seine Aussprache.

Ich lächelte scheu als Antwort auf seine Worte.

Aber was hätte ich darauf auch erwidern sollen?

Mein Blick glitt nun das erste Mal über die Marmorsäulen, die prunkvollen Kronleuchter über uns, die Fresken und natürlich auch die lebensgroße goldene Neptun-Statue. Staunend bemerkte ich auch die kleineren Details wie die Tischlämpchen, die auf jedem Tisch zu finden waren.

»Ihr Jackett, Sir.«

Ein Kellner, der offenbar für unseren Bereich zuständig war, sah mahnend auf Scott hinunter.

»Der Lady war kalt«, entgegnete dieser bestimmt, woraufhin der Kellner sich ohne ein weiteres Wort trollte.

Erst jetzt erinnerte ich mich wieder daran, dass im Ritz eine Jackett- und Krawattenpflicht galt. Bei der Arbeit an einem der Bücher meines Lieblingsautors Lius Lisboa hatte ich dieses Detail gelesen. Allerdings handelte es sich bei seinem Werk um einen Krimi. Und die Leiche war aufgespießt auf Neptuns-Dreizack gefunden worden.

Schnell schüttelte ich meinen Kopf, wie um den Gedanken an den Toten aus meinem Gedächtnis zu verscheuchen. Schließlich hatte ich genügend eigene Dämonen, die es sich darin bereits gemütlich gemacht hatten. Ich sollte mich auf die gegenwärtige Situation konzentrieren, anstatt mich in eine der Romanwelten zu verlieren, die in meinem Kopf ein sehr lebendiges Eigenleben führten.

»Wollen wir dann wählen?«, fragte Mr Chang.

Und auch wenn seine Stimme sich nicht merklich verändert hatte, spürte ich doch weiterhin die unterschwellige Empörung über unser Zuspätkommen in seinem Tonfall.

Das konnte noch heiter werden.

Und wem hatte ich das zu verdanken? Meinem immer wiederkehrenden Pech mit den Londoner Transportunternehmen. Heute war mein Bus spaßeshalber mal ganz ausgefallen. Dabei hatte ich extra viel Zeit eingeplant und eine halbe Ewigkeit an der Haltestelle gewartet. Bis schließlich bekannt wurde, dass er nicht mehr kommen würde, hatte ich so viel Zeit verloren, dass ich nicht mal mit einem Taxi rechtzeitig zu Scotts verabredetem Platz in der Nähe des Piccadilly Circus kommen konnte.

»Sehr gerne«, entgegnete Scott und ließ sich dabei nicht anmerken, was Mr Changs Worte mit ihm anstellten.

Während er dazu übergegangen war, sein Pokerface wieder aufzusetzen, rang ich nach wie vor mit mir. Nicht nur die ungewohnte pompöse Umgebung führte dazu, dass ich mich nicht sonderlich wohl in meiner Haut fühlte, sondern auch die Tatsache, dass Mr Chang uns nach wie vor nicht aus den Augen ließ.

»Was darf ich Ihnen bringen?«, fragte der Kellner.

»Das große Degustationsmenü. Für uns alle«, entschied Mr Chang.

Niemand wagte es, Widerworte zu geben. Ganz so, als gelte es, nicht aufzufallen. Weder im positiven noch im negativen Sinne.

»So, meine liebe Donna, Sie sind also Mr Fernsbys Verlobte. Erzählen Sie ein wenig von sich. Arbeiten Sie auch im Verlagswesen?«

Als plötzlich die gesamte Aufmerksamkeit Mr Changs und gleichsam seiner Begleiter auf mir ruhte, hatte ich das Gefühl, unfreiwillig in den Mittelpunkt des Interesses gestoßen worden zu sein.

Aber das Essen im Ritz war schließlich nicht dazu da, mir eine andere Welt zu zeigen, sondern ich hatte eingewilligt,

Scott heute Abend als seine Verlobte zu begleiten. Und dazu gehörte es wohl auch, Fragen zu beantworten, die ich gestellt bekam, und dabei nett zu lächeln.

Während mir Letzteres noch etwas schwerfiel, legte ich mir die Worte zurecht, die ich darauf antworten wollte.

»Ich bin Lektorin.«

Mr Chang sah zwischen mir und Scott hin und her. Seine Miene blieb dabei wie versteinert, sodass ich nicht sagen konnte, was er in diesem Moment dachte.

»Dann haben Sie sich im Verlag kennengelernt?«, fragte er ungeniert weiter, ungeachtet der Tatsache, dass seine Fragen auf unser Privatleben abzielten.

»So ist es«, erwiderte Scott an meiner statt.

»Und wie werden Sie es nach der Hochzeit handhaben, Miss McAlee? Werden Sie weiterhin arbeiten oder sich um Heim und Herd kümmern?«

Bei dieser Frage haderte ich innerlich mit mir. Wollte Mr Chang eine moderne englische Frau sprechen hören oder waren ihm Traditionen und Familienbande wichtiger? In welche Richtung sollte ich tendieren?

»Ich liebe meine Arbeit und kann mir nicht vorstellen, die Welt der Bücher ganz hinter mir zu lassen, dennoch werde ich voll und ganz für die Familie da sein.«

Neben mir konnte ich hören, wie Scott hörbar einatmete.

Offenbar hatte ich nicht ganz die Worte gefunden, die er in dieser Situation gerne von mir gehört hätte.

77

»Als Amuse-Gueule darf ich Ihnen eine Mousse au Ziegenkäse auf einem salzigen Sablé gewürzt mit Basilikum präsentieren. Daneben reicht die Küche ein Gebäck in Form eines Blattes, das mit winzigen Käsestückchen, Kräuterblättchen und Blüten garniert wurde.«

Als der erste Gang serviert war, wagte niemand von uns, ihn zu probieren, während Mr Chang noch immer seine vollkommene Aufmerksamkeit auf mich gerichtet hatte.

»Ich mag Frauen, die sich nicht ins Private zurückziehen, sondern ihren Männern zur Seite stehen und gemeinsam mit ihnen für den geschäftlichen Betrieb verantwortlich sind. Und das ist sie doch, Ihre Verlobte, Mr Fernsby. Oder?«

Nun blickte er unumwunden in Scotts Richtung, der zu meiner Linken saß.

Erleichterung flutete meine Blutbahnen, als ich spürte, dass ich nicht länger unter dem ständigen Fragebeschuss stand. Gut möglich, dass dieser Moment nicht ewig andauern würde. Aber damit würde ich mich zu gegebener Zeit auseinandersetzen.

Nun interessierte es mich, wie Scott auf Mr Changs Frage antworten würde. Schließlich betraf sie auch mich. Wenn auch nur indirekt und eigentlich nicht wirklich. Scott und ich waren nicht verlobt. Es würde keine Hochzeit geben. Und keinen Verlag, den wir zusammen leiten würden.

Die Vorstellung, meinen eigenen Verlag zu besitzen, würde meine kühnsten Träume übertreffen.

»Selbstverständlich. Ich könnte mir niemand Besseren für den Posten an meiner Seite vorstellen.«

Während er das sagte, sah Scott zunächst zu Mr Chang und dann direkt in meine Augen. Mir blieb fast das Herz stehen, als ich seine Worte vernahm. Sie klangen ehrlich, vorfreudig sogar. Genau, wie ich mich in diesem Moment fühlte.

Erde an Donna, das hier ist nur ein Theaterstück, das ihr für Mr Chang aufführt. Erde an Donna, du wirst nie deinen eigenen Verlag leiten. Scott lügt dir hier nur die Hucke voll, weil er Mr Chang für seine Interessen gewinnen will. Welche auch immer das sein mögen, meldete sich meine innere Stimme zu Wort und schubste mich damit augenblicklich von Wolke sieben, auf der ich es mir gerade so richtig gemütlich gemacht hatte.

Mr Chang begann zu essen, ohne etwas zu erwidern. Seine Gesichtszüge blieben dabei unbeeindruckt. Er wirkte ohnehin auf mich, als hätte er eine zu große Dosis Botox in sämtliche Gesichtsmuskeln gespritzt bekommen. Denn diese regten sich kein bisschen. Nicht einmal seine Stirn legte sich in Falten. Auch um seine Mundwinkel und die Augenpartien waren keine Furchen zu erkennen.

Ein Phänomen.

Anstatt eines lockeren Tischgesprächs war jeder von uns in den Verzehr des Amuse-Gueules vertieft. Die Stimmung war frostig. Wie bei einer Trauerfeier. Als ich meinen Teller leer gegessen hatte, machte ich mir Gedanken darüber, ob das wohl so richtig war. Ließ man nicht immer anstandshalber etwas darauf zurück? Wobei das bei den winzigen Portionen kaum möglich gewesen wäre.

Ich blickte zum Teller von Mr Changs Assistentin und stellte voller Erleichterung fest, dass sie ebenfalls alles aufgegessen hatte. Heutzutage konnten Frauen also nicht nur Verlage führen, sondern auch ihren Appetit stillen, ohne dabei als Hexen auf dem Scheiterhaufen zu enden.

»Ausgezeichnet«, verkündete Mr Chang, nachdem er sich den Mund mit der edlen Stoffserviette abgewischt hatte.

Zu Hause hatte ich nicht mal Papierservietten.

Seine Assistentin und sein Sohn pflichteten ihm sogleich bei. Auch Scott und ich taten unser Bestes, den Mann nicht zu verstimmen.

»Wie steht es mit Kindern?«

Mr Chang begann augenscheinlich bereits mit der nächsten Fragerunde.

»Kinder sind toll«, erwiderte ich aus einem Bauchgefühl heraus.

»Das stimmt natürlich. Aber wann wollen Sie welche bekommen?«

Mein Blick ging fragend zu Scott hinüber. Dieser lächelte ein wenig verlegen, schien aber auch nicht so recht zu wissen, wie ich darauf reagieren sollte.

Wollte Mr Chang jetzt ein genaues Datum von mir hören? Und wenn ja, wofür? Was war das nur für ein merkwürdiges Dinner?

»Im Sommer«, entgegnete ich mit leicht zittriger Stimme.

Denn ich spürte die Schwingungen am Tisch und wusste ganz genau, dass es hier um mehr ging als um unverbindlichen Small Talk, auch wenn Scott sich nicht bemüßigt gefühlt hatte, vor dem Essen mit mir darüber zu sprechen.

Aber diese Unterhaltung würden wir auf jeden Fall noch mal führen. Ich wollte Antworten.

Mr Chang sah mich eine ganze Weile durchdringend an. Der kalte Angstschweiß brach mir bei seinem Blick aus. Hatte ich etwas Falsches gesagt? Wäre ihm der Herbst womöglich lieber gewesen? Worauf genau zielte die ganze Fragerei überhaupt ab?

»Der Sommer ist eine sehr schöne Jahreszeit«, stellte Mr Chang fest und erntete dafür viel Zustimmung am Tisch, während ich mittlerweile überhaupt nichts mehr verstand.

Worum ging es bei diesem Abendessen? Scott hatte behauptet, dass die Verlagsgeschäfte im Mittelpunkt des Gesprächs stehen würden. Nun fand ich mich und meine Person jedoch im Kreuzverhör und zudem noch unter Dauerbeschuss wieder.

Worauf hatte ich mich da nur eingelassen?

Noch ehe die nächste Frage wie eine Granate neben mir einschlagen konnte, kam zum Glück der erste Gang, bestehend aus einem Salat von Norfolk-Krabben. Das Fleisch war gezupft, für meine Verhältnisse etwas zu stark gewürzt und mit einer leichten Mayonnaise verfeinert. Dazu gab es ein knuspriges Tuile-Gitter.

Auch diesmal wurde während des Verzehrs nicht gesprochen. Wie auch bei den nachfolgenden Gängen. Dazwischen hatte sich Mr Chang inzwischen darauf verlegt, über das Wetter, die englische Gewohnheit, am Nachmittag Tee zu trinken, und den Brexit zu fachsimpeln.

Wie durch ein Wunder war ich aus der Schusslinie geraten, ohne zu wissen, ob das nun gut oder eher verdammt schlecht war. Aber da Mr Chang mich nie aus den Augen ließ und auch die Toilette zwischenzeitlich nicht aufsuchte, konnte ich mich mit Scott nicht kurzschließen, um herauszufinden, was er von mir erwartete.

Der wohl größte und umfangreichste Gang war das Dessert in Form eines Schokoladensoufflés. Das war so köstlich, dass ich es am liebsten und ganz ohne Bedenken aufgegessen hätte. Nur dummerweise war ich zu diesem Zeitpunkt bereits so satt, dass ich kaum noch einen Bissen hinunterbekam.

Warum hatte mir das keiner früher gesagt?

»Abschließend, Miss McAlee, frage ich mich, ob Sie denn den Namen Ihres Zukünftigen annehmen werden. Es ist in der westlichen Welt weithin verbreitet, den eigenen Namen zu behalten. Wie stehen Sie zu diesem Trend?«

Nun war guter Rat mal wieder teuer. Und der letzte Bissen vom leckersten Schokosoufflé, das ich je gegessen hatte, blieb mir fast im Hals stecken.

Wollte Mr Chang eine weltoffene oder eher eine konservative Antwort auf seine Frage hören? Wozu sollte ich diesmal tendieren? Gab es überhaupt ein Richtig und ein Falsch? Und wozu dienten all diese Fragen überhaupt?

Mir schwirrte der Kopf.

»Scott und ich haben zwar noch nicht darüber geredet, aber ich würde gerne den Namen seiner Familie annehmen«, entschied ich mich schließlich, während mal wieder alle Augen am Tisch auf mir ruhten.

Das war mit das unangenehmste Gefühl, das ich seit Langem verspürt hatte. Fast noch schlimmer als die Situation vor einigen Wochen im Supermarkt, als mir eine Packung Eier herunterfiel und sich das glibberige Zeug über den ganzen Boden ergoss.

»Die Rechnung, bitte«, wandte sich Mr Chang an unseren Kellner und ließ mich im Dunkeln darüber, ob ihm meine Worte zugesagt hatten oder nicht.

Nachdem wir uns voneinander verabschiedet hatten, blieben Scott und ich allein vor dem Ritz zurück. Es war einer der merkwürdigsten Abende meines Lebens. Nein, ich musste mich korrigieren. Es war der merkwürdigste Abend meines Lebens.

Kapitel 10

Scott

»Was, bitte schön, war das?«

Donna klang entrüstet. Und das zu Recht. Mr Chang hatte sie einem Verhör unterzogen, auf das ich sie nicht im Mindesten vorbereitet hatte.

Aber wie hätte ich das auch tun können? Schließlich wusste ich selbst nicht, worauf ich mich da einließ, als ich zu dem Dinner zugesagt hatte. Zwar war mir bewusst gewesen, dass es nicht nur um den Verlag und dessen Zukunft gehen würde. Allerdings hatte das Gespräch zu keinem einzigen Zeitpunkt an diesem Abend auch nur ansatzweise das Geschäftliche berührt.

»Donna, auch wenn du mir nicht glauben wirst, aber ich wusste wirklich nicht, was Mr Chang heute Abend vorhatte.«

Wütende Blitze schossen aus Donnas Augen in meine Richtung. Ich wehrte sie nicht ab. Schließlich hatte ich sie verdient.

»Worauf sollte denn diese ganze Fragerei abzielen, Scott? Ich verstehe nicht, was das heute war. Ein Geschäftsessen ja schon mal nicht. Vielmehr kam es mir so vor, als hätte Mr Chang sich dessen versichern wollen, dass der Verlag auch in Zukunft existieren wird. Als gelte es, die Dynastie zu erhalten, oder irgend so was Krudes.«

Donna war außer sich. All die Gefühle der Verwirrung und Unsicherheit hatte die Ärmste den kompletten Abend über in sich hineinfressen müssen. Und jetzt sausten sie auf mich hernieder wie eine riesige Schlammlawine.

Leider konnte ich nicht behaupten, dass es den Falschen traf. Denn schließlich hatte ich Donna in diese unangenehme Situation gebracht. Wenn ich gewusst hätte, wie der Abend ausgehen würde, dann hätte ich … dennoch nichts daran ändern können. Mir waren die Hände gebunden.

Ich war zwar davon ausgegangen, dass Mr Chang sich bedeckt halten würde, was die prekäre Lage unseres Verlags anging, aber dennoch hatte ich nicht damit gerechnet, dass er sein gesamtes Augenmerk auf meine Begleitung legen würde. Wie hätte ich Donna auf dieses Kreuzverhör vorbereiten sollen? Wenn ich Donna gegenüber erwähnen würde, dass zu befürchten stand, ihr Job und der ihrer Kolleginnen und Kollegen stünde auf der Kippe, dann würde sie mit Sicherheit nicht an sich halten können und jemandem davon erzählen. Davon war auszugehen. Und die Tragweite einer solchen Entscheidung konnte ich im Moment nicht abschätzen. Das Letzte, was ich jedoch wollte, war Panik. Alles sollte sich schön intern klären, damit sich keiner unnötige Sorgen machen musste. Keiner außer mir.

»Ich kann mich nur noch mal dafür entschuldigen, dass ich dich in eine solche Situation gebracht habe.«

Donnas Wangen waren vor lauter Aufregung gerötet, ihr Atem ging schneller, während ihr Haar in dem Wind, der zwischenzeitlich aufbrauste, herumflatterte. Sie sah nach wie vor unglaublich aus in diesem Wahnsinnskleid. Aber in diesem Moment war es nicht das Äußere, was mich an dieser Frau faszinierte.

Denn Donna hatte eine Meinung und war willens, diese zu vertreten. Nicht wie die meisten, die ich in den vergangenen Jahren kennengelernt hatte und die ihre Meinung wie ein Blättchen im Wind geändert hatten.

Das imponierte mir ebenso wie ihre Beharrlichkeit und ihr offenes Entsetzen darüber, wie Mr Chang sie heute Abend behandelt hatte. Viele Frauen, die ich kannte und denen ich ein ähnliches Angebot wie Donna gemacht hätte, wären nur auf ihren eigenen Vorteil bedacht gewesen.

Bei Donna war das anders. Sie war, wie mein Grandpa sagen würde, eine ehrliche Haut. Es war ihr bereits den ganzen Abend über anzumerken gewesen, dass sie es gar nicht gut fand, aus einem Pflichtgefühl mir gegenüber und der Vereinbarung, die wir miteinander getroffen hatten, eine Lüge nach der nächsten servieren zu müssen.

Mittlerweile tat es mir sehr leid, dass ich sie in die ganze Geschichte hineingezogen hatte. Aber ich hatte nicht ahnen können, was für ein Mensch Donna war, da ich mir nie die

Zeit genommen hatte, sie näher kennenzulernen. Und nun würde sich mir die Chance vermutlich nie bieten.

Was war ich nur für ein Idiot!

»Glaub mir, Scott, das wird so schnell nicht wieder passieren. Denn ich werde mich auf keinen Fall noch einmal zu einem solchen Treffen mit Mr Chang einfinden. Gehaltserhöhung und Karrieresprung hin oder her, ich verkaufe nicht meine Seele und lüge andere Menschen auch nicht an. Das ist nicht meine Welt, Scott Fernsby. Und ich will auf keinen Fall ein Teil davon werden.«

Fassungslos stand ich da, während Donna ihre Worte gezielt auf mich abfeuerte und dabei jedes Mal ins Schwarze traf.

»Aber wir haben einen Vertrag«, wandte ich ein, obwohl ich wusste, wie erbärmlich ich klang.

Mir war klar, dass ich keine Chance hatte, nachdem Donna ihre Entscheidung gefällt hatte. Aber ich musste irgendetwas sagen. Denn etwas hatte sich geändert: Es ging mir gar nicht mehr nur um unseren Deal. Ich musste mir eingestehen, dass ich unter keinen Umständen wollte, dass sie wieder aus meinem Leben verschwand und ich sie nur dann und wann auf dem Korridor des Verlagshauses traf.

»Ich werde mir jetzt ein Taxi nehmen und nach Hause fahren«, erwiderte Donna, ohne auf meine Worte einzugehen.

»Gonzalez kann dich nach Hause fahren«, bot ich an und deutete auf den schwarzen Bentley, der bereits bereitstand und nur darauf wartete, dass wir beide einstiegen.

»Vielen Dank für das Angebot, aber ich habe für heute genug von deiner Gesellschaft. Ich befürchte, dass die Luft im Bentley zu dünn für uns beide ist.«

Damit ging sie mit einer Leichtigkeit davon, als wären die Stilettos, die ihr zu Beginn des Abends noch solche Probleme bereitet hatten, mittlerweile ein Teil von ihr geworden. Etwas, worauf ich nicht mehr zu hoffen brauchte.

Kapitel 11

Donna

»Huhu, Donna, wie war dein Date?«

Sarah rief mich an, kaum dass ich zu Hause war.

»Auf einer Skala von eins bis zehn war es das schlimmste, das ich je hatte.«

Und auch wenn es sich bei dem Date um kein Date im herkömmlichen Sinne handelte, war meine Bewertung des Abends vollkommen zutreffend.

Nie zuvor hatte ich mich so benutzt gefühlt wie heute. Nie zuvor hatte ich das Gefühl gehabt, unter vollkommen falschen Vorgaben zu etwas überredet worden zu sein, wozu ich sonst nie und nimmer mein Einverständnis gegeben hätte. Gehaltserhöhung und Karrieresprung hin oder her.

»Ach Mensch, das tut mir so leid. Was war los? Wohnt er noch bei seiner Mum?«

Schlimmer.

»Ja. Außerdem studiert er nach wie vor, nachdem er drei Studiengänge bereits abgebrochen hat«, behauptete ich und bereute es sogleich wieder.

Wenn ich meine erfundenen Geschichten zu sehr mit Details ausschmückte, würde es mir schwerfallen, mich im Ernstfall noch daran zu erinnern. Da ich allerdings nicht vorhatte, je wieder über diesen Abend zu sprechen, war das Ganze nicht so schlimm.

Zumindest, was das mit der nicht ganz der Wahrheit entsprechenden Date-Geschichte anbelangte. Wenn ich mir allerdings vorstellte, dass ich morgen schon wieder im Büro erscheinen musste und dabei Gefahr lief, Scott unvermittelt in die Arme zu laufen, dann wurde mir schlagartig so schlecht, dass ich mich am liebsten übergeben hätte.

»Wie schade! Philis und ich haben uns so sehr für dich gewünscht, dass es heute Abend der Richtige für dich ist.«

Ich schnappte mir ein kaltes Wasser aus dem Kühlschrank und ging dann hinüber auf meine Couch.

»Philis und du?«, hakte ich nach, da ich da etwas in der Stimme meiner Freundin heraushören konnte, das mir verriet, dass sich die beiden nähergekommen waren.

»Wir hatten einen schönen Abend«, erklärte sie und schwieg genießerisch über weitere Details.

»Ach komm schon, Sarah. Ich habe dir auch von meinem katastrophalen Date erzählt. Jetzt bist du dran.«

Ein Seufzen war in der Leitung zu hören.

»Wir waren beim Inder um die Ecke essen und haben uns dann noch einen Film im Kino gegönnt. Frag mich jetzt aber bitte nicht nach der Handlung. Die kam dabei ein wenig … zu kurz.«

Bei Sarahs Worten musste ich lachen.

»Das hört sich genau nach dem Date an, das ich gerne gehabt hätte«, erwiderte ich ohne Neid.

Denn ich gönnte es meiner Freundin aufrichtig, dass sie ihr Glück gefunden hatte. Ich hätte nur auch gerne einen schöneren Abend verlebt.

Dabei hätte ich doch wissen müssen, dass das heutige Dinner nur in einem Drama enden konnte. Schließlich gab Scott Fernsby auf nichts und niemanden etwas. Das Einzige, was ihm wichtig war, war er selbst. Und daran würde sich auch nie etwas ändern.

Meine Einschätzung seiner Person war also richtig gewesen. Keine Ahnung, warum ich zu Beginn des Abends diese merkwürdige Anziehungskraft zwischen uns gefühlt hatte. Musste wohl an dem Sekt liegen, den ich zuvor mit Philis und Sarah getrunken hatte. Anders konnte ich mir meine Wahrnehmungsstörungen nicht erklären.

Denn Scott Fernsby war weder sexy noch charmant. Er war wie all die Männer dieser Großstadt nur darauf bedacht, das zu bekommen, was er wollte. Und dabei war ihm jedes Mittel recht.

»Es war ein traumhaft schönes Treffen. Ich hoffe, wir können das bald wiederholen. Und was hast du jetzt vor? Wirst du deinen Kummer in einem Becher Ben & Jerry's Cookie Dough ertränken?«

»Eine sehr gute Idee. Aber da ich keins mehr dahabe, werde ich wohl oder übel auf Alternativen ausweichen müssen.«

»Die da wären?«

Suchend blickte ich mich im Raum um. Dabei fiel mein Blick auf einen Stapel Post. Im Laufe der Woche hatte ich noch keine Zeit gefunden, Briefe zu öffnen. Bedauerlicherweise war ich die Woche über immer erst so spät von der Arbeit nach Hause gekommen, dass alles andere in meinem Leben zu kurz gekommen war.

Aber das würde sich jetzt ändern. Ab sofort würde ich nur noch Dienst nach Vorschrift machen. Man konnte schließlich nicht von mir verlangen, dass ich mein Privatleben aufgab, nur um einem Chef zu dienen, der mich, ohne mit der Wimper zu zucken, hinters Licht geführt hatte.

Allein wenn ich nur daran dachte, wurde ich bereits wieder wütend.

»Salzstangen und eine halbe Tafel Schokolade sind noch da«, zählte ich auf, nachdem ich mich von der Couch erhoben hatte und begonnen hatte, die Post auf dem kleinen Beistelltisch zu öffnen.

»Na, das klingt jetzt nicht unbedingt nach einem Festmahl.«

Beinahe hätte ich mich verplappert und Sarah gegenüber eingestanden, dass ich nach einem 7-Gänge-Menü ohnehin keinen Hunger mehr hatte. Aber dann hätte ich ihr auch erzählen müssen, dass ich heute im Ritz zu Abend gegessen hatte. Und das konnte und wollte ich auf keinen Fall. Denn dann würde ich mir noch mehr Geschichten ausdenken müssen. Und spätestens nach dem heutigen Abend war ich mir der Tatsache bewusst geworden, wie wichtig mir Ehrlichkeit war.

Auch wenn das jetzt wahrscheinlich bedeutete, dass der Traum von einer Gehaltserhöhung dahin war und ich mir den Aufstieg auf der Karriereleiter auch sonst wohin stecken konnte. Dabei hatte ich mich schon so darauf gefreut, mein eigenes kleines Team zu führen.

Aber daraus würde nun sicher nichts mehr werden. Der Traum war geplatzt, noch ehe ich ihn träumen konnte. Aber dafür würde ich morgens in den Spiegel schauen können, ohne mich angewidert abwenden zu müssen.

»Ist aber sicher besser für meine Figur«, erwiderte ich stattdessen und öffnete bereits die dritte Werbesendung.

Als ich dann versucht war, den kompletten Stapel in die Tonne zu treten, tauchte eine Rechnung auf. Die würde ich zeitnah zahlen müssen. Dabei ging es um die Reparatur meines Boilers, die fast so viel verschlang, wie mich ein neuer gekostet hätte. Aber im Nachhinein war man ja bekanntlich immer klüger.

Besonders nach diesem Abend hatte ich darüber Gewissheit.

»An dir ist doch kein Gramm zu viel, Donna. Das weißt du. Ich muss jetzt leider Schluss machen. Philis wollte gleich noch mal vorbeikommen und … Na ja, wir sehen uns ja morgen im Verlag. Fühl dich gedrückt! Und du weißt ja, der richtige Prinz oder die richtige Prinzessin kreuzen schon noch irgendwann deinen Weg.«

Bei Sarahs Worten musste ich lachen.

»Danke dir. Und euch beiden noch einen schönen Abend.«

Mit einem Lächeln auf den Lippen beendete ich das Gespräch. Anstatt mich weiter über das Dinner im Ritz zu grämen, sollte ich mich für Sarah und Philis freuen und neben meine neu gewonnenen Erfahrungen einen dicken fetten Haken machen. Das Kapitel war abgeschlossen.

Ohnehin hatte ich kein gesteigertes Interesse daran, Scott so schnell wiederzusehen. Im Verlag würde ich einen Bogen um ihn machen. Und wenn das nichts half, dann würde ich mir eben Urlaub nehmen. Ich hatte mir ohnehin in diesem Jahr noch kaum einen Tag freigenommen, und es war bereits Juni.

Während ich also meine Gedanken so vor mich hinfliegen ließ, bekam ich einen Brief zu fassen, der mich innehalten ließ. Die Handschrift auf dem Kuvert kam mir nämlich bekannt vor.

Plötzlich hatte ich es eilig, den Inhalt zu lesen. Also riss ich den Briefumschlag förmlich auf, als ginge es um Leben und Tod, nachdem das Kuvert in der vergangenen Woche ein eher unrühmliches Dasein auf einem Poststapel voller Rechnungen und Werbung gefristet hatte. Ein schlechtes Gewissen befiel mich.

Als ich dann endlich zu lesen begann, hielt ich für einen Moment den Atem an.

Clachtoll, der 10.6.2024

Liebe Donna,

nun ist es so weit. In zehn Tagen, am 20. Juni, feiere ich meinen achtzigsten Geburtstag, und ich freue mich wahnsinnig darauf, all meine Lieben um mich zu haben. Ich hoffe, du wirst es auch zu mir schaffen und die viele Arbeit im Verlag hält dich nicht davon ab, in die Highlands zu reisen. Eine besonders große Freude würdest du mir bereiten, wenn du in Begleitung erscheinen würdest. Du weißt ja, dass ich mir nichts sehnlicher wünsche, als dass du endlich den Mann fürs Leben findest. Das wäre auch das einzige Geburtstagsgeschenk, das ich mir von dir wünschen würde, mein Schatz.
Ich liebe dich über alles!

Deine Granny

So ein Mist! Das hatte ich komplett vergessen. Granny hatte bereits im letzten Jahr angekündigt, dass sie ihren runden Geburtstag groß mit uns allen feiern wollte. Wenn ich mich recht erinnerte, hatte ich dafür sogar bereits Urlaub eingereicht. Nur war in den vergangenen Wochen so viel los gewesen, dass ich es schlichtweg vergessen hatte.

Panisch blickte ich auf mein Handy, um nachzusehen, welcher Tag heute war. Ein ungutes Gefühl beschlich mich.

Und es wurde bestätigt. Schon morgen würden meine Eltern mich bei sich erwarten, damit wir gemeinsam zu meiner Großmutter nach Schottland reisen konnten. Und ich hatte mich noch rein gar nicht um meine Reise gekümmert. Nicht einmal Klamotten hatte ich vorbereitet. Und einen Mann hatte ich als Begleitung auch nicht vorzuweisen.

Ich hatte ein Problem. Ich hatte ein verdammt großes Problem.

Kapitel 12

Scott

»Ja?«

Es war bereits nach Mitternacht, als mein Handy klingelte. Ich hatte mich schon hingelegt, da es nichts mehr gab, was mich an diesen Tag band. So hatte ich beschlossen, ihn schnellstmöglich aus meinem Gedächtnis zu verdrängen.

»Scott?«

Eine weibliche Stimme war am anderen Ende der Leitung zu hören, die ich nicht gleich identifizieren konnte. Meine Mum war es definitiv nicht.

»Scott? Hier ist Donna.«

Schlagartig war ich hellwach und saß aufrecht in meinem Bett.

»Donna? Was ist passiert? Warum rufst du mich mitten in der Nacht an?«

Plötzlich machte ich mir schreckliche Sorgen um sie. Ich hätte sie von Gonzalez nach Hause fahren lassen sollen und mir selbst ein Taxi nehmen müssen. Was war ich nur für ein Idiot gewesen? Aber Donna hatte sich mir gegenüber so ablehnend verhalten, dass ich nicht so recht wusste, wie ich darauf reagieren sollte.

»Du erinnerst dich doch sicher noch, dass ich dich um die Zusage eines Gefallens gebeten habe. Haben wir diesbezüglich einen Deal?«

Donnas Worte irritierten mich. Worauf wollte sie hinaus? Und warum unbedingt mitten in der Nacht?

»Lass uns doch morgen in aller Ruhe darüber sprechen. Ja? Es ist bereits kurz vor halb eins. Ich habe schon geschlafen«, schlug ich vor, da ich nun wusste, dass sie unversehrt war.

»Dann ist es zu spät.«

Ihre Worte ließen mich aufhorchen.

»Was ist denn passiert, um Gottes willen, Donna? Sag doch endlich, worum es geht«, hakte ich mit steigender Beunruhigung nach.

»Was ist nun mit dem Gefallen, den du mir schuldest?«

»Natürlich gilt der noch. Ich habe dir darauf mein Wort gegeben. Ich verstehe nur nicht, warum das plötzlich so wichtig ist, dass es nicht bis morgen warten könnte«, brachte ich meine Verwunderung endlich zum Ausdruck.

»Ich habe keine Zeit, Scott. Meine Granny feiert schon übermorgen ihren achtzigsten Geburtstag.«

Nun verstand ich rein gar nichts mehr.

»Deine Granny? Was hat die denn damit zu tun?«

Womöglich lag es daran, dass mein Hirn bereits geschlafen hatte, als Donna mich angerufen hatte. Aber mir war nicht begreiflich, was das eine mit dem anderen zu tun hatte.

»In diesem Fall bin ich es, die eine Begleitung für die Feier braucht«, rückte Donna endlich mit der Sprache heraus und klang dabei nicht mehr so fordernd wie noch vor wenigen Sekunden.

Wenn mich nicht alles täuschte, dann hörte sie sich vielmehr verletzlich und besorgt an.

»Und wie genau komme ich dabei ins Spiel?«

Der Groschen war bei mir nach wie vor nicht gefallen. Wie gesagt, die späte Stunde mochte Schuld daran haben.

»Ich möchte, dass du mich zu der Geburtstagsfeier meiner Granny begleitest«, sagte Donna mit leicht zittriger Stimme.

Woher dieser plötzliche Sinneswandel? Erst vor wenigen Stunden hatte mir Donna ziemlich deutlich klargemacht, was sie von mir hielt und dass sie nichts mehr von mir wissen wollte. Und nun wollte sie ausgerechnet mit mir zum Geburtstag ihrer Großmutter fahren? Was war passiert?

»Ich soll dein Begleiter sein?«

»Das habe ich gerade gesagt, ja. Also, Scott, wirst du mir den Gefallen tun und erst mit mir meine Eltern in Oxfordshire besuchen, um dann gemeinsam mit ihnen in die Highlands zu reisen?«

»In die Highlands?«

In Gedanken überschlug ich die Termine in den kommenden Tagen. Miss Goodwin hatte ich angewiesen, meinen Kalender freizuhalten, weil ich mich voll und ganz auf Mr Changs Besuch einstellen wollte. Nachdem der mir nun an diesem Abend für mein Dafürhalten zu tief in meinem Privatleben herumgewühlt hatte, entschied ich, dass eine kleine Auszeit gerade genau das Richtige wäre. Außerdem würde er mir keine Vorhaltungen machen, wenn ich ihm sagte, dass es um eine dringende Familienangelegenheit ging.

»Nach Schottland, ja«, erklärte mir Donna, als wäre ich ein Schulkind, das keine Ahnung davon hatte, wo genau wir uns gerade auf der Weltkugel befanden.

»Wann?«

»Du kommst mit?«, fragte Donna ungläubig.

Offenbar war sie nicht davon ausgegangen, dass ich mein Wort halten würde.

»Ich halte meine Versprechen«, erwiderte ich ein wenig gekränkt.

»Es wäre gut, wenn wir morgen am späten Vormittag aufbrechen könnten. Meine Eltern wollen dich unbedingt kennenlernen und mit uns bei ihnen zu Abend essen. Mum macht sogar extra einen Truthahn.«

»Dann hast du ihnen gesagt, dass ich kommen werde, ohne zu wissen, dass ich dir zusagen würde? Und Truthahn im Juni?«

Bei diesem Gespräch konnte es sich nur um einen Traum handeln. Einen äußerst lebhaften, aber äußerst wirren Traum. Anders konnte ich mir das alles nicht erklären. Wer, bitte schön, bereitete schon im Juni einen Truthahn zu? Das war doch verrückt.

»Mum ist nicht die beste Köchin. Sie bemüht sich zwar redlich, aber eigentlich ist nur ihr Truthahn richtig gut. Deshalb Truthahn. Sollen wir dann morgen mit dem Zug zu ihnen fahren?«

»Nein, ich nehme den Bentley.«

Donna kicherte.

»Was gibt's denn da zu lachen?«, hakte ich nach.

»Ich hätte erwartet, dass du Gonzalez wieder fahren lässt.«

»Manche Dinge, liebe Donna, erledige ich lieber selbst.«

Und damit war dieses Gespräch beendet.

Kapitel 13

Donna

Am nächsten Morgen fühlte ich mich schrecklich. Hatte ich gestern Nacht wirklich meinen Chef angerufen und ihn gebeten, mich zu Granny an den Clachtoll Beach zu begleiten? Das war doch verrückt.

Nein, verrückt war es nicht. Vielmehr war die Idee meiner Verzweiflung geschuldet gewesen. Aber wo hätte ich auf die Schnelle sonst noch einen Begleiter auftun sollen? Das Unterfangen war von vornherein zum Scheitern verurteilt gewesen.

Dabei war ich mir allerdings noch nicht im Klaren darüber, ob meine Aktion mit Scott zu einem besseren Ende führen würde. Im Moment war es allerdings die einzige Option, die mir geblieben war. Also würde ich jetzt die Zähne zusammenbeißen, gute Miene zum bösen Spiel machen und mich auf die Zeit bei meiner Granny in Schottland freuen.

Schließlich hatte ich sie schon eine halbe Ewigkeit nicht mehr gesehen.

Bei diesem Gedanken überkam mich das schlechte Gewissen. Wie oft hatte ich mir in den vergangenen Monaten vorgenommen, die Reise zu Grannys großem Geburtstag zu planen und alles dafür in Ruhe vorzubereiten? Und nun hätte ich ihn ohne Grannys Einladung womöglich sogar vergessen.

Was war ich bloß für eine schlechte Enkeltochter?

Nun war jedoch nicht die Zeit, mich in Selbstmitleid zu wälzen. Es war noch einiges zu erledigen, bis ich mit Scott nach Oxfordshire zu meinen Eltern fahren konnte. Zuallererst wollte ich Sarah Bescheid geben, damit sie sich nicht wunderte, wo ich steckte, und sich keine Sorgen um mich machte.

Meine Urlaubsmeldung hatte ich glücklicherweise bereits vor Monaten eingereicht. Das war inzwischen so lange her, dass ich sie schon wieder vergessen hatte. Und eine Notiz in meinem Kalender hatte ich mir auch nicht gemacht. Dabei war ich doch sonst immer so gut organisiert.

Wobei das nicht ganz stimmte. Aufs Penibelste organisiert war ich nur, was meine Arbeit anbelangte. So war es nicht weiter verwunderlich, dass jeder Eintrag in meinem Kalender eher geschäftlicher Natur war. Bis auf die Treffen mit Sarah und ein paar wenige Termine wie die beim Zahnarzt waren darin kaum private Notizen zu finden.

»Guten Morgen, Sarah! Tut mir leid, dass ich mich so früh melde. Ich wollte dir nur kurz Bescheid geben, dass ich in den kommenden Tagen nicht im Büro sein werde. Meine Großmutter feiert ihren achtzigsten Geburtstag. Ich mache mich noch heute auf den Weg zu ihr. Mit dem Verlag ist alles geklärt.«

»So plötzlich?«, fragte sie perplex und klang dabei noch ziemlich verschlafen.

»Wenn ich ehrlich bin, habe ich den Termin schlicht und ergreifend vergessen. Und ja, du hast recht, ich bin eine furchtbare Enkeltochter.«

Sarah gähnte am anderen Ende der Leitung.

»Du bist keine schlechte Enkeltochter, Donna. Du hast nur in der vergangenen Zeit deine Prioritäten falsch gesetzt. Für dich steht der Verlag immer an erster Stelle. Dabei ist es nicht mal deiner.«

Wahre Worte am frühen Morgen! Sarah traf damit mitten ins Schwarze.

Seit ich bei *Gromble & Hayes* beschäftigt war, hatte sich mein Privatleben mehr oder weniger in Luft aufgelöst. Bis spät am Abend saß ich im Büro, um Texte durchzusehen, mit Autoren das weitere Vorgehen zu besprechen und für ihre Sorgen und Nöte ein offenes Ohr zu haben.

Kein Wunder, dass ich kein eigenes Leben mehr hatte, wenn ich ständig nur im Verlag war. Dabei zwang mich keiner dazu. Ich wollte es so. Weil ich liebte, was ich tat, und darin meine Erfüllung fand.

Aber das Beispiel mit Grannys Geburtstag zeigte mir, dass es auch Grenzen gab. Ich sollte dringend darüber nachdenken, wie ich dieses Problem angehen konnte. Allerdings blieb mir dafür jetzt keine Zeit.

Sobald ich aus Schottland zurück sein würde, musste ich mir grundlegend ein paar Gedanken darüber machen, wie es mit meinem Leben weitergehen sollte. Gleichzeitig fragte ich mich, ob ich danach überhaupt noch einen Job haben würde. Schließlich würde ich meine Auszeit vom Verlag mit meinem Chef verbringen.

Oje, das klang wirklich verquer.

»Ach Sarah, ich liebe doch meine Arbeit. Aber du hast recht, ich sollte mich nach meinem Urlaub neu organisieren und meine Prioritäten verschieben. Schließlich bin ich nicht die einzige Lektorin im Verlag.«

»Ich wünsche dir jetzt erst mal eine schöne Zeit mit deiner Familie. Und ich beneide dich ein wenig. London ist im Sommer echt schön. Aber am Meer in Schottland muss es traumhaft sein. Bitte schick mir ganz viele Bilder. Hörst du? Melde dich, damit ich weiß, wie es dir geht. Ja?«

Nachdem ich es brav versprochen hatte, beendete ich das Gespräch und packte meinen Koffer eilig weiter. Neben ein paar Jeans und Shirts gab ich auch die drei Kleider hinein, die ich dem Shoppingtrip mit Sarah zu verdanken hatte.

Nun war ich sehr froh, dass sie mich zu dem Nachmittag im Harrods überredet hatte. Und das nicht nur, weil ich damit gestern Abend im Ritz nicht weiter negativ aufgefallen war.

Als meine Gedanken abermals zu dem angeblichen Geschäftsessen schweiften, konnte ich noch immer nicht verstehen, wie Scott mich so ins offene Messer hatte laufen lassen können. Fast den kompletten Abend über hatte ich das Gefühl, dass er überhaupt nicht anwesend war, so selten hatte er sich zu Wort gemeldet.

Aber was das anbelangte, war ihm kein Vorwurf zu machen. Schließlich hatte Mr Chang die Unterhaltung moderiert, und es war offensichtlich gewesen, dass man in seiner Gegenwart nur sprach, wenn man darum gebeten wurde.

Scott hatte sich in einer Zwickmühle befunden. Das war mir inzwischen klar geworden. Schließlich leitete er zwar den Verlag, jedoch befand sich dieser nicht mehr im Familienbesitz. Er war abhängig von Mr Changs Entscheidungen. Und offenbar stand es mit diesen nicht zum Besten.

Denn irgendetwas hatte gestern in der Luft gelegen. Ich hatte es ganz deutlich gespürt. Was ich und unsere vermeintliche Verlobung damit jedoch zu tun hatten, war mir schleierhaft. Was hatte Scott nur damit bezweckt? Außerdem konnte ich nicht sagen, ob meine Anwesenheit die Situation verbessert oder nicht sogar eher verschlechtert hatte.

Womöglich würde Scott mir davon berichten. Andererseits war ich mir da doch nicht so sicher. Erst gestern hatte sich schließlich mal wieder gezeigt, wie verschlossen er war. Anstatt mich einzuweihen, was da gespielt wurde, hatte er mich als Spielball ins Rennen gebracht und die Dinge ihren Lauf nehmen lassen. Darüber war ich noch immer verärgert.

Allerdings durfte ich mir das heute nicht anmerken lassen. Denn inzwischen hatte sich der Wind gedreht. Jetzt war ich von seiner Gunst abhängig und musste froh sein, dass er sich so kurz entschlossen bereit erklärt hatte, mich zu Granny nach Schottland zu begleiten.

Natürlich hätte ich auch allein fahren und ihr sagen können, dass ich nach wie vor nach dem Richtigen suchte. Aber ich wollte sie nicht enttäuschen. Und wer wusste schon, wie viele Geburtstage wir noch miteinander feiern würden.

Also biss ich stattdessen in den sauren Apfel und hoffte, dass es die richtige Entscheidung gewesen war, ausgerechnet meinen Chef zu fragen, ob er mit mir zu meiner Familie fahren würde.

Nachdem ich auch meinen Kulturbeutel in meinem Koffer verstaut hatte, schloss ich ihn eilig und sah mich prüfend im Schlafzimmer um. Hatte ich alles, was ich brauchte? Vielleicht sollte ich mir noch ein Buch für die Fahrt mitnehmen?

Zwar bekam es mir meist nicht sonderlich gut, wenn ich im Auto las. Allerdings war die Vorstellung, zwei Stunden mit Scott auf engstem Raum zusammenzusitzen und sich währenddessen anzuschweigen, schrecklich. Also nahm ich mir gleich zwei Bücher mit, um mich notfalls beschäftigen zu können.

Die meisten anderen Menschen hätten vermutlich auf ihr Handy zurückgegriffen. Da ich jedoch nur wenig Zeit damit verbrachte und der schnellen Abfolge von Nachrichten und Themen in den sozialen Medien nichts abgewinnen konnte, erschien mir das keine Option.

Während ich die beiden Bücher in mein Handgepäck gab und mich danach versicherte, dass ich den Stecker für die Kaffeemaschine und den Wasserkocher aus der Steckdose gezogen hatte, klingelte es an der Tür.

Ein Blick auf meine Armbanduhr verriet mir, dass es inzwischen neun Uhr war. Das war sicher Scott.

Plötzlich raste mein Herz so wild in meiner Brust, dass ich das Gefühl hatte, gleich einem Herzinfarkt zu erliegen. Meine Atmung beschleunigte sich, während ich überlegte, ob ich vielleicht so tun sollte, als wäre ich gar nicht da.

»Donna? Bist du da?«, rief da auch schon Scott durch den Flur.

Offenbar hatte ihm unten bereits jemand die Haustür geöffnet. Nun konnte ich also nicht mehr so tun, als wäre ich nicht zu Hause, während Scott lauthals auf sich aufmerksam machte und meine Nachbarn mit seinem lauten Rufen womöglich verärgerte.

Also entschied ich mich, die Tür doch zu öffnen und mich der Herausforderung zu stellen, die ich mir selbst eingebrockt hatte.

Fünf Tage standen vor mir, die ich mit meinem Chef gemeinsam verbringen würde. Fünf Tage, in denen ich mich ihm gegenüber vertraut geben musste, während ich ihn gestern Abend am liebsten zum Teufel gejagt hätte.

Wie schnell sich die Dinge doch manchmal verändern konnten …

»Guten Morgen«, begrüßte ich ihn und bat ihn in meine Wohnung hinein.

»Bist du fertig oder benötigst du noch etwas Zeit?«, erkundigte er sich einfühlsam, während er nach meinem Rollkoffer griff, um ihn ganz gentlemanlike hinunter zu seinem Wagen zu bringen.

Ein wenig überforderte mich die Situation. Aber da ich Scott gebeten hatte, mit mir erst zu meinen Eltern und dann zu meiner Großmutter zu verreisen, sollte ich mich allmählich daran gewöhnen, dass er in meiner Nähe war.

Vor allem aber mussten wir beide uns vertrauter miteinander geben. Sonst würden sowohl meine Eltern als auch Granny ganz schnell dahinterkommen, dass wir ihnen einen Bären aufbanden.

»Wir können los«, sagte ich also und versuchte mich dabei nicht zu sehr daran zu erinnern, wie intensiv mein Körper gestern Abend auf Scott reagiert hatte.

Das gelang mir ganz gut, bis mir Scotts Duft in die Nase stieg und ich am liebsten meine Augen geschlossen hätte, um mich dem Gefühl von Geborgenheit und Vertrautheit hinzugeben.

»Ist alles okay bei dir?«, fragte Scott prompt.

»A-alles bestens«, log ich und hoffte, dabei nicht bis unter den Scheitel rot anzulaufen.

»Hast du noch weiteres Gepäck oder ist das alles?«

»Nein, das ist alles«, bestätigte ich ihm.

Einerseits war ich ihm dankbar dafür, dass er mit keinem Wort auf den gestrigen Abend einging. Andererseits hätte ich jedoch gerne ein paar Erklärungen gehabt. Da ich das fragile Gebilde unseres Abkommens jedoch nicht zerstören wollte, hielt ich mich vorerst zurück.

Scott sah mich noch einen Moment an, ehe er nickte. Ich schnappte mir meine Handtasche und wollte schon in Richtung Tür eilen, als ich über den Teppichboden stolperte. Wäre Scott nicht zur Stelle gewesen, wäre ich vermutlich ziemlich unsanft auf dem harten Boden der Tatsachen aufgekommen.

So aber landete ich auf seiner Brust, während er seine Arme um mich schlang und mich fest an sich drückte. Sein Duft bestehend aus Männlichkeit und Sandelholz war so omnipräsent, dass ich mich nicht gegen seine Wirkung wehren konnte. Ebenso wenig wie gegen die Bilder, die sogleich vor meinem geistigen Auge aufploppten. Bilder wohlgemerkt, die nur meiner allzu regen Fantasie entsprangen. Und dennoch genoss ich es, wie Scott über meine Haut …

»Donna, schnupperst du da etwa gerade an mir?«

Scotts Stimme riss mich aus meinen Tagträumen.

»Ich? Wie kommst du denn darauf?« Ich kicherte nervös.

Leugnen war zwecklos.

»Na ja, du lehnst an meiner Brust und schnupperst an meinem Hals. Also ich würde jetzt mal behaupten, dass das landläufig als …«

»Ach Gott, schon so spät! Wir müssen dringend los. Meine Eltern können es gar nicht ausstehen, wenn man zu spät kommt. Und der Verkehr ist um diese Uhrzeit die reinste Katastrophe.«

Munter vor mich hinplappernd, löste ich mich von meinem Retter und eilte zur Tür, um meinen Schlüssel im Schloss zu versenken. Scott zog mit meinem Koffer an mir vorbei. Ich wagte es in diesem Moment jedoch nicht, auch nur in seine Richtung zu blicken. Viel zu peinlich war mir der Zwischenfall vor wenigen Sekunden an seiner Brust, als dass ich ihm je wieder in die Augen blicken konnte.

Das würden lange vier Tage werden. Sehr lange.

Kapitel 14

Scott

Während der Fahrt aus London heraus musste ich mich so sehr auf den Verkehr zu konzentrieren, dass mir gar nicht aufgefallen war, dass zwischen Donna und mir ein unnatürliches Schweigen entstanden war.

Als sich die Situation auf der Straße vor uns allmählich besserte, fühlte es sich plötzlich merkwürdig an, mit Donna in einem Wagen zu sitzen und nicht mit ihr zu sprechen.

Vermutlich war sie nach der gestrigen Nacht ganz froh darum, dass ich meine Klappe hielt. Ich Idiot hatte es nicht mal geschafft, mich heute Morgen bei ihr dafür zu entschuldigen, dass ich sie von Mr Changs Fragen regelrecht hatte durchbohren lassen müssen, ohne ihr beizustehen.

Aber ich hatte ihr nicht die Gründe sagen können, warum es so gekommen war, wie es nun mal gekommen war. Sie wusste nicht, wie sehr wir von Mr Changs Laune abhängig waren. Und ich wollte sie nicht mit dieser Bürde belasten. Reichte schon vollkommen aus, dass die ausweglos scheinende Lage, in der sich der Verlag befand, mich Nacht für Nacht um den Schlaf brachte.

Dennoch fühlte sich die Stille zwischen uns zunehmend beklemmend an. Also wagte ich einen Vorstoß.

»Hast du eigentlich Geschwister oder bist du ein Einzelkind?«

Es war nicht unbedingt der beste Start in eine Unterhaltung. Aber die Frage erschien mir unverfänglich. Auch wenn ich keinen blassen Schimmer hatte, wo sie uns hinführen würde.

»Nein, ich bin ein Einzelkind«, erklärte Donna, während sie von ihrem Buch aufsah und dabei ziemlich grün um die Nase wirkte.

Bisher war mir das gar nicht aufgefallen, weil ich mich so auf den Verkehr konzentriert hatte.

»Was hältst du davon, wenn wir eine kleine Pause machen?«, fragte ich also.

»Meine Eltern mögen es nicht, wenn man zu spät kommt«, erinnerte mich Donna.

»Wir werden nicht zu spät kommen. Versprochen!«, behauptete ich und bog bei der nächsten Ausfahrt auf einen kleinen Parkplatz mit Picknickgelegenheit ab.

Heute Morgen hatte ich für die Fahrt extra noch bei *Prêt à Manger* angehalten, um ein paar dieser unfassbar guten Marzipancroissants mitzunehmen. Wenn ich einem verfallen war, dann diesem Gebäck.

Grandpa würde sich über mich lustig machen und mir erklären, dass man sich nicht in Backwaren verlieben konnte. Aber das lag vermutlich nur daran, dass er diese göttlichen Marzipancroissants noch nicht probiert hatte.

Kaum auf dem Parkplatz angekommen, holte ich die noch lauwarmen Croissants aus dem Kofferraum und überreichte Donna eines davon.

Zunächst sah sie irritiert drein, ließ es sich dann jedoch schmecken.

»Ich liebe die Marzipancroissants von Prêt«, erklärte sie und lächelte versonnen dabei.

Grandpa konnte vielleicht nicht nachvollziehen, dass man sich in ein Gebäckstück verlieben konnte. Aber er würde sicher einsehen, dass man damit den Weg zum Herzen einer Frau ebnen konnte.

Und der erschien mir nach dem gestrigen Abend mehr als steinig. Bis zu Donnas Anruf gestern Abend war ich fest davon ausgegangen, dass sie nur noch das Nötigste mit mir sprechen und mich in der nächsten Zeit eher meiden würde.

»Es gibt nichts Besseres«, bestätigte ich ihr.

Als die Unterhaltung abermals stockte und wir beide teilnahmslos geradeaus blickten, schweiften meine Gedanken zu dem gestrigen Telefonat zurück. Oder sollte ich eher heutigem sagen, da Donna mich angerufen hatte, als es bereits nach Mitternacht war?

»Ich weiß nicht, ob ich dich das fragen darf, aber warum ausgerechnet ich?«, wagte ich schließlich einen Vorstoß, als mir die Stille zu beklemmend wurde.

Donna sah mich mit leicht in Falten gelegter Stirn und schief gelegtem Kopf von der Seite an.

»Ich verstehe nicht ganz, worauf du hinausmöchtest.«

»Die Fahrt zu deiner Granny. Warum hast du ausgerechnet mich gebeten, dich zu begleiten?«

Nun war es heraus.

»Oh, das!«, erwiderte Donna und ihr war anzusehen, dass es ihr lieber gewesen wäre, wenn ich sie nicht danach gefragt hätte.

»Nun, ich habe den Geburtstag meiner Großmutter schlicht und ergreifend … vergessen. Als ich gestern Abend ihre Einladungskarte aus dem Stapel von Post befreit habe, der sich in den letzten vierzehn Tagen bei mir angesammelt hat, war es zu spät, sich noch schnell einen potenziellen Partner fürs Leben zu suchen. Also …«

»… fiel deine Wahl auf mich, und die Suche nach dem potenziellen Partner fürs Leben muss weiter aufgeschoben werden«, resultierte ich und sah ihr dabei so fest in die Augen, dass es mir fast schon ein wenig peinlich war.

Aber ich wollte ihre Reaktion auf meine Worte nicht verpassen, wollte sehen, was sie dabei für einen Gesichtsausdruck machte.

Einem ersten Impuls folgend senkte sie den Blick. Das hatte ich erwartet. Dann jedoch sah sie mir wieder direkt in die Augen, überlegte kurz und begann zu sprechen.

»Es tut mir leid, wenn du dich jetzt in irgendeiner Form … benutzt fühlst. Ich … hatte keine andere Wahl. Und nach dem, was gestern Abend vorgefallen ist …«

»… dachtest du, du hättest ohnehin noch einen gut bei mir. Ich verstehe. Kein Problem. Ehrlich! Es ist ein Geschäftsabkommen. Weiter nichts.«

Es fiel mir nicht ganz leicht, so locker daherzureden. Denn gestern Abend war ich schließlich zu der Überzeugung gelangt, Donna könnte eine Frau sein, die ich gerne näher kennenlernen wollte.

Doch nun bei Tageslicht hatten sich die Voraussetzungen für ein etwaiges Kennenlernen grundlegend verändert. Donna hatte mich zu Recht auf ihre Abschussliste gesetzt, und ich konnte froh sein, dass ich in der Zwischenzeit noch ein wenig ihre Gesellschaft genießen durfte.

Ey, Mann, du benimmst dich wie ein Waschlappen. Was ist nur los mit dir? Das ist doch sonst nicht deine Art. Seit wann geben wir uns so jämmerlich?, merkte meine innere Stimme an.

Und auch wenn ich sie dazu verdonnerte, mich mit ihren klugen Ratschlägen zu verschonen, musste ich doch insgeheim zugeben, dass ich im Moment nicht ich selbst war.

Woran das genau lag, konnte ich nicht mit Sicherheit sagen. Einerseits setzte mir die etwaige Schließung des Verlags natürlich zu. Doch seit gestern Abend war da noch etwas anderes, was mich umtrieb. Ich hatte nicht mehr nur das Gefühl, meine berufliche Existenz zu verlieren, sondern auch mein Herz.

»Ja, ein Geschäftsabkommen. Genau. Nichts weiter.«

Donna sah mich einen Moment zu lange an, und ich spürte sogleich das unheilverkündende Bedürfnis, genau dort weiterzumachen, wo wir stehen geblieben waren, bevor der gestrige Abend begann, die Richtung zu ändern, und mich geradewegs in eine Sackgasse führte.

Unsere Blicke hielten fest aneinander, als gelte es, sich mit den Augen zu sagen, wozu der Mund nicht imstande war. Worte waren machtvoll, aber der wache Blick aus Donnas blauen funkelnden Augen war unbeschreiblich. Er hatte diese betörende Wirkung auf mich, dass ich nicht mehr wegschauen konnte.

»Wir sollten langsam weiterfahren. Meine Eltern …«, erinnerte mich Donna nach einer Weile.

Die Marzipancroissants waren inzwischen aufgegessen. Es gab keinen Grund, unsere Reise weiter aufzuschieben.

»Natürlich«, erwiderte ich schließlich, warf die leere Tüte, in der sich die Croissants befunden hatten, in den Müll und machte mich gemeinsam mit Donna zurück auf den Weg zu meinem Bentley.

In diesem Moment konnte ich nicht einmal ansatzweise erahnen, was mich wohl in den kommenden Tagen erwarten würde.

Kapitel 15

Donna

»Oh, wie schön! Ihr seid da.«

Noch ehe Scott und ich aus seinem Wagen steigen konnten, sprang Mum auch schon mit ihrer Schürze und dem Kochlöffel in der Hand aus dem kleinen Cottage. Flink wie ein Wiesel durchschritt sie ihren herrlich bunten Landhausgarten, in dem besonders die Freesien, Lupinen und Kornblumen mit ihrer Leuchtkraft hervorstachen, und eilte zu uns.

»Das ist deine Mum?«, fragte Scott. Er klang ein wenig besorgt.

Was ich ihm in diesem Moment nicht mal übel nehmen konnte.

»Sie freut sich«, erklärte ich ihm, wie ein Hundebesitzer einem Passanten erklärte, dass der Hund, der bellend auf ihn zurannte, nur spielen wollte und ganz sicher nicht beißen würde.

Noch ehe ich meine Wagentür öffnen konnte, hatte Mum das bereits für mich erledigt. Ihre braunen Locken waren beim Rennen ganz durcheinandergekommen und standen ihr inzwischen wirr vom Kopf ab. Lächelnd legte sie beide Hände auf meine Wangen.

»Lass dich ansehen, mein Kind! Blass bist du. Und viel zu dünn. Wird Zeit, dass du dich mal wieder ein paar Tage von mir verwöhnen lässt. Und das ist …?«

Sie schien erst jetzt zu bemerken, dass ich gar nicht allein war. Und das, obwohl ich ihr ja angekündigt hatte, gemeinsam mit Scott anzureisen. Dabei hatte ich jedoch nicht so direkt darüber gesprochen, in welcher Beziehung Scott zu mir stand. Er konnte also alles sein. Besonders der Mann, der vermutlich gleich den Rückwärtsgang einlegen und von hier verschwinden würde, weil es ihm zu viel wurde.

Und ich konnte es ihm nicht mal verübeln.

Mum war der herzlichste Mensch, den ich kannte. Aber sie konnte einen mit ihrem Überschwang an Liebe und Fürsorge auch in den Wahnsinn treiben. Dabei liebte ich sie über alles. Aber für den ein oder anderen mochte es ein wenig … zu viel des Guten sein.

»Hallo, Mrs McAlee, mein Name ist Scott. Ich bin Donnas … Freund«, erklärte Scott ein wenig holprig, was ich ihm in Anbetracht der Umstände jedoch nicht weiter vorhalten konnte.

Ich hätte ihn auf das alles hier vorbereiten sollen, anstatt mich die letzten zwei Stunden in ein Buch zu vertiefen. Lesen konnte man das kaum nennen, denn während der Fahrt waren die Buchstaben vor meinen Augen nur so umhergesprungen. Zudem hatte ich große Mühe gehabt, meinen Mageninhalt bei mir zu behalten.

Vor allem aber hätte ich mich mit ihm absprechen, mir eine plausible Geschichte für unser Kennenlernen und unsere Liebe ausdenken sollen. Stattdessen hatte ich mich wie ein Angsthase verhalten und meinen Kopf in den Sand gesteckt in der Hoffnung, alles würde von allein gut werden.

Nun hatte ich den Salat.

»Nein, Scott, du bist nicht Donnas Freund«, erklärte Mum ihm, während sie sich über mich beugte und mich dabei in meinen Sitz presste.

»Bin ich nicht?«, fragte dieser beunruhigt.

Offenbar hatte er nicht damit gerechnet, schon beim Eintreffen aufzufliegen.

Ich im Übrigen auch nicht.

»Nein, natürlich nicht, mein Lieber. Du gehörst zur Familie«, entgegnete sie lachend und drückte mich dabei nur noch weiter in meinen Sitz.

Kurz danach stieg Scott aus dem Wagen. Nun würde er vermutlich Reißaus nehmen. Ich an seiner Stelle täte es.

Doch anstatt von hier zu verschwinden, ging er zum Kofferraum, um unser Gepäck auszuladen. Mum schälte sich währenddessen ebenfalls aus dem Wageninneren, sodass ich erst mal tief durchatmen und mich ein wenig sammeln konnte.

Viel Zeit dafür blieb mir jedoch nicht.

»Wie schön, dass ihr da seid. Max spricht seit Tagen von nichts anderem, als dass du, Donna, endlich nach Hause kommen wirst. Und nun noch in so charmanter Begleitung.«

Ihr Blick blieb an Scott hängen.

Und ich konnte ihr, auch wenn ich gewollt hätte, nicht widersprechen.

Scott war ein sehr attraktiver Mann. Gestern Abend wäre ich beinahe seinem Charme erlegen. Doch zum Glück hatte er mir dann wieder sein wahres Ich gezeigt. Keine Ahnung, wie der Abend sonst verlaufen wäre …

»Hat mich jemand gerufen?«, fragte Dad aus dem Inneren des Hauses und kam, im Gegensatz zu Mum, bedächtigen Schrittes auf uns zugelaufen.

»Hi, Dad!«, begrüßte ich ihn und nahm ihn sogleich fest in die Arme.

Mein Vater war wie ich ein Bücherwurm. Bis vor wenigen Jahren war er noch Professor in Oxford gewesen und hatte dort Literatur unterrichtet. Dementsprechend verbunden fühlte ich mich mit ihm. Auch wenn ich sein Renommee nie erlangen würde.

»Wie schön, dass meine wunderschöne und gleichzeitig auch einzige Tochter mal wieder zu Besuch kommt. Lass dich ansehen, mein Kind! Aber wo ist denn nur wieder meine Brille?«

Dad suchte in seiner Hemdtasche und auch in seinem Hemdkragen, wo er seine Brille oftmals deponierte.

Ich wollte ihn auf den Umstand aufmerksam machen, dass sich die Brille diesmal auf seinem Kopf befand, doch da wurde er auf Scott aufmerksam.

»Und Sie müssen der Mann sein, der das Herz meiner Tochter für sich gewinnen konnte«, begrüßte er ihn und streckte ihm dabei die Hand entgegen.

»Mein Name ist Scott Fernsby«, stellte sich dieser vor und ging nicht weiter auf die Sache mit dem Herzen ein.

Wofür ich ihm sehr dankbar war. Gleichzeitig wurde ich mir jedoch der Tatsache bewusst, dass Scott und ich in den kommenden Tagen im Fokus meiner Familie stehen würden. Dabei konnte ich nur hoffen, dass Grannys Geburtstag das Spotlight ein wenig von uns nahm. Zumindest zeitweise.

»Es ist mir eine Freude, Sie kennenzulernen, Scott. Mein Name ist Max McAlee. Ich bin ein alter Mann, der seinen Ruhestand damit verbringt, all die Bücher zu lesen, die er unbedingt in diesem Leben noch lesen wollte. Allerdings verlege ich dabei nur allzu gerne meine Brille. Wo hab ich sie nur diesmal wieder hingelegt?«

Scott hob an, um ihn darauf aufmerksam zu machen, dass er sie diesmal über die Stirn hochgeschoben hatte, kam jedoch nicht zu Wort, da Mum wie ein Herbststurm aufbrauste und alles herumwirbelte. Dabei war es erst Juni.

»Deine Brille können wir später suchen, Max. Lasst uns erst mal ins Haus gehen, einen anständigen Tee trinken, Sandwiches essen und Scones naschen. Dabei will ich alles wissen. Wo habt ihr euch kennengelernt? Wie lange seid ihr schon zusammen? Warum erfahre ich erst jetzt von Scott? Und so weiter und so fort.«

Während Mum sprach, durchschritt sie ihren üppigen Englischen Garten und wandelte auf dem schmalen grünen Pfad, der sich durch das Blumenmeer schlängelte. Wie ein kleiner bunter Dschungel sah unser Garten aus. Der schönste Ort auf diesem Planeten.

»Dann werde ich wohl besser mal meine Brille suchen gehen. Ich hasse Sandwiches mit Thunfischgeschmack«, erklärte er und war im nächsten Augenblick ebenfalls auf dem Weg zum Cottage.

»Das sind also …«, hob Scott an.

»… meine Eltern«, beendete ich seinen Satz.

Er sah in ihre Richtung, ohne noch etwas zu sagen.

»Soll ich ihnen sagen, dass du dringend nach London zurückmusstest?«, fragte ich ihn, einer Eingebung folgend.

Daraufhin sah er mich an, als wäre ich nicht mehr ganz bei Trost.

»Warum sollte ich von hier wegwollen? Es gibt Sandwiches und Scones. Himmel, ich kann mich nicht daran erinnern, wann ich das letzte Mal so freudig empfangen wurde«, erklärte er mit ernster Stimme, grinste aber dabei.

Er wollte schon durch das kleine hölzerne Tor in den Garten gehen, als ich ihn zurückhielt.

»Danke, Scott«, sagte ich aufrichtig.

Er sah mich eine Weile an und nickte mir dann zu.

»Aber die Sandwiches mit Gurke und Kresse sind für mich. Dass das klar ist.«

Daraufhin lachten wir beide.

Kapitel 16

Scott

»Erzählen Sie ein bisschen von sich, Scott. Was machen Sie beruflich? Wo wohnen Sie? Was ist Ihre Leibspeise? Und warum habe ich gar nicht bemerkt, dass Ihre Tasse schon wieder leer ist? Ich bin eine schreckliche Gastgeberin.«

Mrs McAlee war die Herzlichkeit in Person. Anders konnte ich es nicht ausdrücken.

Während mich meine Eltern bereits als kleinen Jungen ins Internat gaben, sodass ich bis heute kaum einen Draht zu ihnen hatte, spürte ich die Liebe und Wärme in den Gemäuern des alten Cottages, in dem Donna aufwachsen durfte.

Es musste traumhaft schön gewesen sein, hier zu leben und von Eltern geliebt zu werden, die sich für einen interessierten. Als ich spürte, wie der Neid mich von innen zu zerfressen begann, dachte ich an meinen Grandpa, der mir gemeinsam mit Grandma all das geschenkt hatte. Der Gedanke war tröstlich und bewirkte, dass ich mich hier umso heimischer fühlen konnte.

»Danke, ich kann mir selbst Tee nehmen, Mrs McAlee«, versuchte ich ihr das schlechte Gewissen zu nehmen und schenkte mir Tee nach.

Donna sah mich ein wenig zerknirscht von der Seite an. Sicher war sie sich unsicher darüber, wie ihre laute, quirlige

Mutter auf mich wirkte. Wenn ich gekonnt hätte, hätte ich ihr die Sorgen genommen.

»Wo habt ihr euch kennengelernt?«, fragte nun Donnas Dad und sah ebenfalls zu mir.

So oder so ähnlich musste sich Donna gestern Abend bei Mr Changs Verhör gefühlt haben.

»Wir arbeiten zusammen«, erklärte ich.

Donna seufzte kaum hörbar.

»Scott ist mein Chef«, ergänzte sie schließlich.

Ihre Mum weitete bei Donnas Worten unnatürlich ihre Augen. Dabei wäre ihr beinahe der Teller, den sie in der Hand gehalten hatte, aus selbiger gefallen.

Die Stirn von Donnas Dad lag in tiefen Falten, während er zu überlegen schien, was er von dieser Aussage hielt.

Ich fühlte mich zunehmend unwohler in meiner Haut, da ich annehmen musste, dass Donna in der Vergangenheit kein gutes Haar an mir gelassen hatte, wenn sie ihren Eltern von mir erzählt hatte. Im Übrigen hatte ich bis vor Kurzem Berufliches und Privates strikt getrennt. Ich hätte geschworen, nie und nimmer eine Affäre mit einer meiner Mitarbeiterinnen zu beginnen. Aber streng genommen war dies ja auch keine Affäre. Oder was auch immer … Egal, wie ich es auch drehte und wendete, ich hatte meine Prinzipien verletzt und verstrickte mich zunehmend in Schwierigkeiten.

Die Stimmung in dem gemütlichen Wohnzimmer mit Kamin, der olivgrünen, vertäfelten Wand, der bequemen

Sofagarnitur und der einladend mit Sandwiches und Scones vollbepackten Etagere war ein wenig in Schieflage geraten.

Ich konnte Donna keinen Vorwurf machen. Denn bis vor einigen Tagen war ich ihr gegenüber womöglich nicht ganz der Vorgesetzte gewesen, der ich hätte sein müssen. Sie war mir so unnahbar und schüchtern erschienen, dass sie mir, zu meinem größten Bedauern, die meiste Zeit gar nicht aufgefallen war.

Sie war eine fähige Mitarbeiterin, erledigte ihre Aufgaben gewissenhaft und bis auf das leidige Zuspätkommen war sie eine der Lektorinnen, der ich vertrauensvoll auch namhafte Autoren übergeben konnte.

Aber erst gestern, als ich ihre Persönlichkeit das erste Mal wirklich kennengelernt hatte, schien es mir fast so, als hätte ich die vergangenen Jahre, die wir gemeinsam im Verlag verbracht hatten, vollkommen vergeudet.

Seither fragte ich mich, wie ich nur so blind hatte sein können.

»Das stimmt. Ich bin der Mann, der Donna in der Vergangenheit das Leben das ein oder andere Mal schwer gemacht hat. Aber als Verlagschef gilt es, wichtige Entscheidungen zu treffen und Verantwortung zu übernehmen. Da ist es nicht immer ganz leicht, alles unter einen Hut zu bekommen. Aber ich gelobe Besserung.«

Donnas Mum lächelte freundlich. Offenbar war das genau die Antwort, die sie von mir hatte hören wollen.

»Es lastet sicher eine Menge Druck auf Ihren Schultern. In der heutigen Zeit ein so traditionsreiches Verlagshaus zu führen, bedeutet auch, sich neu zu orientieren, während die Traditionen erhalten werden sollen. Das stelle ich mir persönlich nicht besonders leicht vor«, sagte Mr McAlee und blies dabei den Rauch seiner Pfeife aus dem Mund.

»Nein, es ist tatsächlich nicht immer leicht. Allerdings fühle ich mich sehr geehrt, das Erbe meiner Familie fortführen zu dürfen.«

Während ich das sagte, musste ich wieder an Mr Chang und die Ungewissheit denken, die seine unausgesprochene Entscheidung mit sich brachte. Allein die Vorstellung, rund einhundert Menschen stünden demnächst auf der Straße und müssten sich einen neuen Job suchen, führte dazu, dass ich unbewusst meine Hände zu Fäusten ballte.

Ich wollte und konnte nicht einfach aufgeben. Das war ich Grandpa schuldig. Er würde es nicht verkraften, wenn der Verlag nicht fortgeführt werden würde. Allein die Vorstellung, ihm das sagen zu müssen, war niederschmetternd.

»Möchten Sie noch einen Scone oder ein Sandwich?«

Mrs McAlee schien lieber wieder zu unverfänglichen Themen zurückkehren zu wollen. Was ich gut nachempfinden konnte. Gleichzeitig hoffte ich auf diese Weise, nicht länger im Fokus des allgemeinen Interesses zu stehen.

»Danke, aber ich bin pappsatt.«

»Wenn du so weitermachst, Mum, dann können wir Scott zu Granny nach Schottland rollen.«

Alle am Tisch lachten.

Die ausgelassene Stimmung war zurück, wofür ich sehr dankbar war. Denn die traurigen und verkrampften Situationen hatten sich in den letzten Monaten meines Lebens gehäuft. Jetzt brauchte ich Sonne, Sommer und ein wenig Abstand zu London. Mr Chang war inzwischen mit anderen geschäftlichen Terminen verhindert, sodass ich gezwungen war, abzuwarten, zu welcher Entscheidung er kommen würde.

Ohne es zu wissen, hatte Donna mir einen großen Gefallen getan, als sie mich in der vergangenen Nacht bat, sie nach Schottland zum Geburtstag ihrer Großmutter zu begleiten. Auf diese Weise würde ich ein wenig Abstand gewinnen und neue Kraft tanken können.

Blieb nur zu hoffen, dass mich die Tage im Kreise von Donnas Familie nicht zu sehr beanspruchten. Noch schien alles ganz harmonisch und nach dem ersten Schockmoment darüber, wer ich war, auch wieder in geordneten Bahnen zu verlaufen.

Spannend blieb es dennoch, was uns hier in Eynsham und dann in Schottland erwarten würde.

»Nach der langen Reise wollt ihr beiden euch sicher ein wenig ausruhen«, befand Mrs McAlee.

»Es sind doch gerade mal zwei Stunden aus London hierher zu uns, Betty«, stellte ihr Mann fest.

»Letztlich ist es ganz egal, wie lange eine Reise dauert. Meist ist sie dennoch anstrengend«, befand Mrs McAlee und erhob sich dabei schwungvoll aus ihrem Sessel, während sie funkelnde Blitze auf ihren Mann abschoss.

Der Ärmste konnte einem leidtun. Aber seinem Gesichtsausdruck nach zu urteilen, wusste er mit einer solchen Reaktion seiner Frau umzugehen. So schien sie ihn nicht weiter zu beeindrucken.

»Donna, zeigst du Scott dein Zimmer? Es wird ein wenig eng, aber für eine Nacht sollte es gehen. Was freu ich mich, wenn wir morgen zu deiner Großmutter ans Meer aufbrechen. Wie in alten Zeiten. Das wird eine wunderschöne Familienauszeit. Stimmt's, Max? Du kannst es auch kaum erwarten, an den Clachtoll Beach zu reisen.«

Max nickte pflichtschuldig, während aus Donnas Gesicht von jetzt auf gleich sämtliche Farbe entwichen war.

»Mein Zimmer?«, fragte sie geschockt, als ginge ihr just in diesem Moment ein Licht auf.

»Ja, ich habe dein Bett frisch bezogen und das Bügeleisen und den Staubsauger rausgenommen. In letzter Zeit verkommt das Zimmer leider immer mehr zur Abstellkammer. Aber da musst du die Schuld bei deinem Dad suchen. Unser Hauswirtschaftszimmer hat sich in ein Studierzimmer verwandelt. Überall liegen Bücher und alte Pergamentrollen aus.« Genervt rollte sie mit den Augen. »Und über das Gästezimmer brauchen wir erst gar nicht zu reden. Dein Dad schafft es noch, mich mit seinen Büchern und Unterlagen aus dem Haus zu vergraulen. Wenn das so weitergeht, rufe ich in Oxford an und frage dort nach, ob sie ihn wieder zurücknehmen können. Zumindest zeitweise.«

»Ach, komm schon, Betty. So schlimm ist es doch nun wirklich nicht. Und wenn man bedenkt, dass im Gästezimmer auch noch dieses schicke Laufband untergebracht ist, das du kaum benutzt, dann …«

»Donna, ist alles okay bei dir?«

Noch immer sah Donna drein, als hätte sie gerade eine Erscheinung der besonderen Art heimgesucht.

»In meinem Zimmer gibt es nur ein Bett«, erklärte sie mit vor Schock geweiteten Augen.

»Ich kann auf dem Boden schlafen«, bot ich schnell an, da ich sehen konnte, wie sehr Donna die Vorstellung mitnahm, mit mir in einem Zimmer nächtigen zu müssen.

»Da ist kein Platz. Mein Zimmer ist so klein, dass gerade mal ein Bett, ein Schrank und ein Schreibtisch hineinpassen.«

Donnas Stimme war ein leises Flüstern, während ihre Eltern sich noch immer darüber stritten, wer nun mehr Platz im Haus für sich beanspruchte.

»Wir finden eine Lösung«, gab ich mich zuversichtlich, auch wenn ich in diesem Moment keine Ahnung hatte, wie die aussehen mochte.

Gleichzeitig war die Vorstellung, Donna bereits in kürzester Zeit so nahe zu kommen, unvorstellbar für mich. Nach dem gestrigen Dinner war ich davon ausgegangen, dass ich nie wieder auch nur eine Chance bei Donna haben würde. Und nun sollte ich heute sogar mit ihr in einem Bett übernachten? Das war unglaublich.

Mein plötzliches Verlangen, wenn ich nur daran dachte, wie nahe wir uns bereits in absehbarer Zeit kommen würden, brachte mich ganz aus dem Konzept.

»Die Lösung lautet: Ich schlafe auf keinen Fall mit dir in einem Bett.«

Donna äußerte ihre unumstößlich scheinende Meinung zu diesem Thema mit Nachdruck. Augenscheinlich hatte sie mir die Begebenheiten des vorhergehenden Abends auch noch nicht wieder verziehen. Was ich rückblickend betrachtet nur zu gut verstehen konnte. Auch wenn ich es in diesem Moment zutiefst bedauerte.

»Das klingt plausibel.«

»... Wie kannst du behaupten, dass der Schrank im Gästezimmer hauptsächlich mit meinen Sachen vollgestellt wäre? Darin sind mindestens siebenundneunzig Bücher von dir. Und die Bettwäsche. Gehört die Bettwäsche jetzt etwa in meinen persönlichen Besitz?«

»Na ja, wenn du mich fragst, haben wir ohnehin viel zu viel Bettwäsche. Kein Mensch benötigt so viel Bettwäsche, wie wir sie besitzen. Oder was sagst du, Donna?«

Donna blickte irritiert drein.

»Dad, ich habe keinen blassen Schimmer, was hier los ist, aber lass Mum doch ihre Bettwäsche, dann kannst du sicher auch deine Bücher behalten.«

»Meine Bettwäsche?«, fragte Betty und blickte dabei ihre Tochter so an, als hätte sie ihr gerade ein Messer in den Rücken gerammt.

Das war offenbar nicht ganz die Antwort, die sie hatte hören wollen.

Und auch wenn die harmonische Stimmung damit beträchtlich ins Wanken geraten war, kam ich doch nicht umhin, meinen Aufenthalt hier in Eynsham bei den McAlees zu genießen.

»Was gibt es denn da zu grinsen?«, fragte mich Donna plötzlich.

Mir war gar nicht aufgefallen, dass sich meine Mundwinkel nach oben durchgebogen hatten.

»Ich mag deine Eltern. Sie sind herzlich, lachen und streiten miteinander, so wie es in einer richtigen Familie sein sollte. Meine hingegen feiern nicht mal mehr Weihnachten zusammen, weil sie sich nichts mehr zu sagen haben«, sagte ich und offenbarte dabei ein Stück meiner eigenen Familiengeschichte.

»Mum und Dad sind schon ganz okay. Allerdings wäre es mir durchaus lieber, wenn sie sich nicht ständig in die Haare kriegen würden. Seit Dad pensioniert wurde, macht er einfach weiter wie bisher. Nur vergisst er dabei, dass er nicht mehr in Oxford ist, wo er schalten und walten konnte, wie er wollte. Hier in Eynsham herrscht jedoch ein strenges Matriarchat. Das scheint Dad immer wieder zu vergessen.«

Nun grinste auch Donna. Und ich musste über ihre Worte schmunzeln.

Kapitel 17

Donna

»Das ist also dein Kinderzimmer.«

Wenn mir noch vor wenigen Tagen jemand gesagt hätte, dass ich schon in absehbarer Zeit mit meinem Chef in meinem alten Kinderzimmer stehen würde, hätte ich ihn einen schrecklichen Lügner geschimpft.

»Ja, hier bin ich aufgewachsen.«

Ein wenig beschämt schaute ich auf das Poster von One Direction, der Boyband, die ich während meiner Teeniezeit abgöttisch geliebt hatte. Mit meiner damaligen besten Freundin Ruthie war ich sogar auf einem ihrer Konzerte gewesen.

Wenn ich mir die Poster an den Wänden so ansah, dann schien es fast, als würden sie mir von einem anderen Leben erzählen. Ich konnte mich gar nicht mehr so recht daran erinnern, wann ich zuletzt ausgelassen feiern war. Das musste eine Ewigkeit her sein.

Meine Zeit in London hatte mich verändert.

»Es wirkt sehr gemütlich.«

Scott wusste sich in jeder Lebenssituation so auszudrücken, dass er dabei niemandem auf den Schlips trat. Sicher hatte er das damals im Internat gelernt.

»Wenn man einen Schuhkarton mit einem winzigen Fenster und einer viel zu niedrigen Decke als gemütlich bezeichnen kann«, warf ich ein.

Scott grinste abermals schelmisch, und ich kam nicht umhin, mich über die Wirkung jeder seiner Regungen zu wundern. Denn inzwischen hatte ich mich schon einige Male dabei erwischt, wie ich wie ferngesteuert zu ihm geblickt hatte, um in seiner Mimik zu lesen.

Ich konnte es drehen und wenden, wie ich wollte, aber dieser Mann setzte mir mehr zu, als ich bereit war zuzugeben.

Gestern Abend noch hätte ich ihn am liebsten zum Teufel gejagt, und heute schienen die gestrigen Vorkommnisse nichts weiter als eine entfernte Erinnerung, die so vage war, dass sie auch einem Traum entsprungen sein könnte.

Wie machte Scott das nur? Schließlich hatte ich schon von einigen Frauen aus dem Verlag gehört, dass sie seinem Charme erlegen waren. Aber da Mr Scott Fernsby mich bis vor wenigen Tagen kaum wahrgenommen hatte, war dieser Charme bisher nicht bis zu mir vorgedrungen. Allerdings bekam ich nach und nach eine Ahnung davon.

Nur war ich mir nicht im Klaren darüber, ob mir diese Tatsache gefiel oder mich vielmehr in Angst versetzte.

»Ich finde schon.«

»Wie bitte?«, fragte ich irritiert.

Konnte Scott etwa in meinen Gedanken lesen? Ein Umstand, der mir schlagartig eine Gänsehaut über den Körper jagte.

»Na, die Sache mit dem Schuhkarton.«

Ich atmete erleichtert auf. Scott hatte dankenswerterweise keinen blassen Schimmer davon, was mir gerade durch den Kopf gegangen war. Und das war auch gut so.

»Ach, die ... ja ... Ähm, natürlich. Wir sollten uns vielleicht ... noch ein bisschen die Beine vertreten, bis es Abendessen gibt«, schlug ich vor.

Scott legte daraufhin seinen Kopf etwas schief und sah mich mit prüfendem Blick an.

»Was?«, hakte ich nach, als er dazu nichts sagte, sondern mich nur weiterhin anstarrte.

»Mir ist es bisher noch nicht aufgefallen, aber du klingst manchmal ein wenig, als wärst du aus einem von Jane Austens Romanen entsprungen. Ich überlege gerade nur, aus welchem Buch deine Rolle stammen könnte.«

»Das lässt sich wohl darauf zurückführen, dass wir bis vor Kurzem kaum bis gar nicht miteinander geredet haben. Und wenn, dann nur über Geschäftliches. Und was die Romanfigur anbelangt, ich bin mehr als gespannt, was du gleich sagen wirst.«

Um ehrlich zu sein, war ich nicht nur gespannt, sondern schrecklich aufgeregt. Denn mit Jane Austen hatte Scott eine meiner absoluten Lieblingsautorinnen genannt.

Erst in diesem Augenblick bemerkte ich, dass ich das erste Mal mit einem Mann etwas hatte, der aus der gleichen Berufswelt kam wie ich. Bisher hatte ich geglaubt, Scott hätte den Verlag nur aus Verpflichtung seiner Familie gegenüber übernommen, da es nun mal ein Familienunternehmen war. Doch nach und nach gewann ich das Gefühl, dass auch er sehr gerne von Büchern umgeben war und verstand, was diese besondere Welt für mich ausmachte.

Und natürlich hatten Scott und ich nichts miteinander. Dieser Gedanke war einzig und allein auf die merkwürdige Situation zurückzuführen, in der wir uns gerade befanden. Was für ein Chaos! Dabei liebte ich es, wenn alles hübsch aufgeräumt war und ich das Gefühl hatte, alles im Griff zu haben.

Ohne zu wissen, was mich in den nächsten Tagen noch erwarten würde, wollte sich das Gefühl von Ordnung nicht so schnell einstellen. Er war mein Chef, gestern hatte er mich bei diesem Geschäftsessen in der Rolle seiner Verlobten in eine unmögliche Situation gebracht, und heute wiederum spielten wir das gleiche Spiel, nur mit umgekehrten Vorzeichen. Es herrschte ein heilloses Durcheinander. Und ich war mittendrin.

»Ich denke, es ist eine der Bennet-Schwestern.«

Scott sah mich durchdringend an, legte dabei den Kopf mal zur einen und dann wieder zur anderen Seite. Er schien zu überlegen, während sein Zeigefinger auf seine Lippen tippte.

Mit jeder weiteren Sekunde, die verstrich, ohne dass er endlich sagte, welche der Bennet-Schwestern er meinte, wurde ich ungeduldiger. Doch ich wollte ihm nicht zeigen, wie sehr mich seine Worte in den Bann zogen. So leicht wollte ich es ihm nicht machen.

»Willst du denn gar nicht wissen, welche ich meine?«, bohrte er nach.

Ich zuckte mit den Achseln.

»Du wirst es mir sicher gleich sagen«, erwiderte ich eine Spur zu unterkühlt.

»Ich denke, du bist Elisabeth Bennet.«

Bei seinen Worten musste ich lachen.

»Ach, dann bist du wohl Mr Darcy?«

Scott grinste und verbeugte sich leicht vor mir, während sich vor meinem geistigen Auge eine Leinwand öffnete.

Mr Darcy und Elisabeth Bennet waren sich zu Beginn von Stolz und Vorurteil, einem meiner absoluten Lieblingsbücher von Jane Austen, zunächst spinnefeind. So konnte Elisabeth dem Mann nichts abgewinnen, weil sie glaubte, er wäre für das Zerwürfnis zwischen ihrer älteren Schwester Jane und deren Schwarm Mr Bingley verantwortlich. Erst im Verlauf der Geschichte entwickelten die beiden Gefühle füreinander, die so übermächtig waren, dass ich beim Lesen gewisser Szenen regelmäßig Tränen in den Augen hatte.

Noch immer lag Scotts Blick fest auf mir, während ich wieder dieses merkwürdige Gefühl in meiner Magengegend verspürte. Es kam dem ganz nahe, was ich empfunden hatte, als er mich gestern im Ritz bat, noch einmal mit ihm dort essen zu gehen. Allein.

»Mr Darcy hätte mich nie im Leben so auflaufen lassen, wie du es gestern bei Mr Chang getan hast.«

Scotts Grinsen verschwand von einem auf den anderen Moment.

»Ich kann mich nur dafür entschuldigen. Aber manchmal sind die Dinge nicht ganz so, wie sie auf den ersten Eindruck scheinen. Denk nur an Mr Darcy: Elisabeth hat ihm Vorhaltungen gemacht, obwohl sich ihre Verdächtigungen letztlich als trügerisch herausstellten.«

Scotts Worte stimmten mich nachdenklich. Plötzlich war mir die Enge des Raums zu viel. Ich bekam keine Luft mehr und musste ganz dringend hier raus, wenn ich nicht ersticken wollte.

»Donna?«, fragte er beunruhigt, als ich zur Tür hinaushechtete.

»Luft«, war alles, was ich hervorbrachte, während ich die Treppe hinunterstürzte.

»Donna? Scott?«, fragte Dad, der aufgrund des Gepolters auf der Treppe seinen Kopf aus seinem Arbeitszimmer Schrägstrich Gästezimmer streckte.

Doch ich musste dringend aus dem Haus. Da blieb keine Zeit für lange Erklärungen.

Scott folgte mir auf dem Fuße. Mum war in der Küche sicher so auf die Zubereitung ihres Truthahns konzentriert, dass sie gar nicht mitbekam, was um sie herum passierte. Das war mein Glück.

Erst als ich zur Tür hinausstolperte und die frische Landluft meine Lungenflügel erneut aufblähte, flutete Erleichterung meine Blutbahnen. Ich würde nicht ersticken. Zumindest nicht heute.

»Geht es wieder?«

Nach einer Weile legte Scott seine Hand auf meinen Rücken und geleitete mich hinüber zu der schiefen Holzbank, die als Beweis dafür dienen sollte, dass mein Dad trotz seiner Akademikerhände dennoch in der Lage war, etwas mit seinen Händen zu fertigen.

Wenn man sich die schrägen Holzleisten und krummen Füße so ansah, dann war ihm das auf den ersten Blick nicht sonderlich gut gelungen. Wenn man aber bedachte, mit wie viel Freude er ans Werk gegangen war, dann war die Holzbank hier an der Hauswand mit Blick in den himmlisch bunten Garten ein Meisterwerk.

»Der Garten ist ein Traum«, sagte Scott nach einer Weile.

Dankbar dafür, dass er mich erst mal wieder zu Kräften hatte kommen lassen, lächelte ich ihn an.

»Mum ist zwar nicht die beste Köchin, dafür hat sie ein sehr gutes Händchen für Pflanzen. Während bei mir sogar Primeln eingehen, kriegt meine Mum jede noch so exotische Pflanze dazu, sich bei ihr im Garten heimisch zu fühlen.«

»Das klingt herrlich«, erwiderte Scott und blickte dabei versonnen auf die rosa-, creme- und pinkfarbenen Blüten, die sich in unserer unmittelbaren Nähe befanden und uns mit ihrer Farbpracht erfreuten.

»Hat deine Mum auch so eine Leidenschaft?«, wagte ich einen Vorstoß, von dem ich nicht wusste, wie er ankommen würde.

Zaghaft warf ich einen Blick in Scotts Richtung, der links von mir auf der Bank Platz genommen hatte.

»Meine Mum ist früher viel ins Theater gegangen. Ich kann mich noch daran erinnern, dass wir gemeinsam im Musical *König der Löwen* waren. Aber das ist eine Ewigkeit her. Ich kann dir gar nicht sagen, ob sie das heute auch noch gerne macht. Irgendwie haben wir uns seit meiner Internats-zeit auseinandergelebt.«

Scotts Worte trafen mich mitten ins Herz.

Während ich in den letzten Jahren nur den verwöhnten Spross einer Unternehmensfamilie in ihm hatte sehen wollen, hatte ich mir keinerlei Gedanken darüber gemacht, dass diese Art von Leben auch Schattenseiten bergen konnte.

Der eingebildete Kerl, zu dem ich Scott im Laufe meiner Verlagszeit stilisiert hatte, war ein Mensch aus Fleisch und

Blut mit seinen ganz eigenen Dämonen und einer Vergangenheit, die nicht ganz so rosig war wie meine Kindheit hier in diesem wunderschönen Landhausgarten mitten auf dem Land.

»Das tut mir leid.«

Es klang abgedroschen und nicht ansatzweise nach dem, was ich eigentlich sagen wollte. Und dennoch erschienen mir diese Worte in diesem Augenblick die einzig passenden.

Scott schenkte mir sein schiefes Grinsen und sah mich dabei mit seinen dunklen Augen tiefgründig an.

»Das muss es nicht. Schließlich kannst du nichts dafür. Wir waren eben nicht ganz die Bilderbuchfamilie, wie ich sie mir gewünscht hätte. Aber meine Großeltern waren immer für mich da.« Ein Lächeln breitete sich auf Scotts Lippen aus. »Gerade mein Grandpa hat mir alles beigebracht, was man zum Leben so braucht, während mein Dad lieber auf dem Golfplatz stand, um seine Zeit mit seinen Freunden zu verbringen. Er wusste nie so recht, was er mit mir anfangen sollte. Das ist bis heute so geblieben. Aber ich möchte dich nicht mit meiner Familiengeschichte langweilen.«

Während ich Scotts Worten lauschte, wurde mir erst bewusst, wie behütet ich aufgewachsen war. Dad hatte mir früh die Freude am Lesen gezeigt, während Mum mit mir in den Wald gegangen war, um mir die Augen für die Schönheit der Natur zu öffnen.

»Man kann sich seine Eltern nicht aussuchen«, stellte ich fest.

Scott nickte.

»Wenn ich es könnte, dann hätte ich mir deine geschnappt«, erwiderte er lachend.

»Trotz des vielen Gezankes zwischen meinen Eltern und Mums miserablen Kochkünsten?«

Scott nickte.

»Sie streiten nicht auf diese vernichtende Art und Weise. Man spürt, dass sie sich lieben und kein Streit so weit gehen würde, dass sie sich gegenseitig verletzen. Und was die Kochkünste deiner Mum anbelangt, kann ich nur sagen, dass mir sowohl die Scones als auch die Sandwiches ausgesprochen gut geschmeckt haben.« Scott grinste. »Als ehemaliger Internatsschüler weiß ich ganz genau, was es bedeutet, nicht unbedingt das zu essen, was einem besonders gut schmeckt. Es gab Tage, an denen habe ich mich ausschließlich von trockenem Brot ernährt, weil der Rest nicht hinunterzubekommen war. Wenn ich ehrlich bin, wussten wir oft nicht mal, was uns da vorgesetzt wurde. Oftmals hat nicht mal der Geschmack etwas über das undefinierbare Zeug ausgesagt.«

Bei Scotts Worten verzog ich angewidert das Gesicht.

»Das hört sich wirklich ... schrecklich an. Und ziemlich eklig. Aber egal, was du tust, erzähl bloß meiner Mum nichts davon. Die wird mich sonst immer wieder daran erinnern, dass es Kinder gibt, denen es viel schlechter geht als mir.«

Scott und ich grinsten uns gegenseitig an.

Plötzlich war da ein Gefühl der Verbundenheit zwischen uns, auf das ich nicht vorbereitet gewesen war. Einerseits erschreckte mich die Tatsache. Aber andererseits gefiel es mir, dass Scott und ich mehr und mehr auf einer Wellenlänge unterwegs waren.

Es machte fast den Eindruck, als würden wir uns auch außerhalb unseres Deals verstehen. Was in Anbetracht der Tatsache, dass ich im Verlag zukünftig mehr Aufgaben übernehmen und dann sicher auch mehr Zeit mit meinem Chef verbringen würde, ausgesprochen praktisch war.

Du denkst also nur an die Arbeit?, fragte mich meine innere Stimme und grinste dabei süffisant.

Natürlich dachte ich vor allem an die Arbeit. Scott und ich saßen schließlich nicht auf Dads windschiefer Holzbank vor dem Cottage, in dem ich aufgewachsen war, weil wir uns zufällig über den Weg gelaufen und uns Hals über Kopf ineinander verliebt hatten. Das hier war ein geschäftliches Abkommen zwischen zwei ebenbürtigen Handelspartnern. Nicht mehr und nicht weniger.

Just in diesem Moment begann meine innere Stimme schallend zu lachen.

Okay, ich gab es ja gerne zu. Scott mit seinen dunklen, tiefgründigen Augen, dem Dreitagebart, den breiten Schultern und diesem unverschämt heißen schiefen Grinsen war ein attraktiver Mann. Ohne Frage! Aber er war auch mein Boss. Über diesen Umstand konnte ich nicht einfach so hinwegsehen.

Hormone hin oder her.

»Da seid ihr. Ich habe euch schon überall gesucht.«

Mum kam, wie es für sie üblich war, in ihrem eiligen Gang mit wehender Schürze und fuchtelnden Armen in den Garten.

»Ist etwas passiert?«, fragte ich beunruhigt.

Doch sie winkte ab.

»Carol hat mich eben angerufen und gebeten, ihr ein paar Eier vorbeizubringen. Sie erwartet irgendeinen Earl sound-so.«

Mum machte eine wegwerfende Handbewegung, während Scott mich verwundert anblickte.

»Hinten im Garten haben wir einen Hühnerstall«, erklärte ich ihm.

»Da ich nun allerdings voll und ganz bei den Vorbereitungen für das heutige Festessen stecke, würde ich euch bitten, Carol eine Schachtel Eier vorbeizubringen. Dein Dad muss irgendeine superwichtige Stelle in einem seiner Bücher nachlesen. Man sollte fast meinen, er stünde kurz davor, den Heiligen Gral zu finden.«

Nun ließ sie ihre Arme so schwungvoll durch die Lüfte sausen, dass ich befürchtete, sie würde Scott oder mich

146

dabei treffen. Instinktiv zogen wir unsere Köpfe ein Stück zurück, um ihnen auszuweichen.

»Wir können das gerne übernehmen, Mum«, beeilte ich mich zu sagen, bevor noch jemand zu Schaden kam.

»Das würdet ihr für mich tun?«

Mum hatte Tränen der Rührung in den Augen, während sie ihre Hände auf ihren Brustkorb legte und uns dankbar anlächelte.

Sie war so eine temperamentvolle Frau mit viel Gefühl und einem riesigen Herzen, zudem noch mit dunkelbraunen Locken und leuchtend blauen Augen, dass mein Dad schon das ein oder andere Mal gefragt worden war, wo seine Frau gebürtig herstammte. Wenn er dann erzählte, dass sie wie er aus Oxfordshire kam, wollte ihm kaum jemand glauben.

»Ich habe die Eier schon in der Küche. Wartet kurz hier. Ich bringe sie euch.«

Noch ehe wir etwas erwidern konnten, war Mum bereits wieder auf dem Weg ins Haus.

»Ich habe mir früher immer einen Hamster gewünscht. Den ich übrigens nie bekommen habe, weil ich ihn nicht mit ins Internat nehmen durfte und meine Eltern sich während meiner Abwesenheit nicht darum kümmern wollten. Hühner dagegen sind echte Highclass-Haustiere. Ich meine, sie sind nicht nur ziemlich beeindruckend, sondern legen zudem auch noch Eier. Vielleicht hätte ich meinen Eltern vorschlagen sollen, Hühner zu halten«, schwärmte Scott, woraufhin ich ihm sanft in die Seite knuffte.

»Mitten in London«, erinnerte ich ihn.

»Na ja, vermutlich hätten sie mir die Hühner auch nicht erlaubt. Aber es hätte schon was, mitten in der Stadt Hühner zu halten. Jeden Tag ein frisches Ei. Daran könnte ich mich gewöhnen.«

Bei Scotts Worten schüttelte ich den Kopf.

»Ich bin mir nur nicht sicher, ob sich die Hühner bei dem Lärm einer Großstadt nicht weigern würden, Eier zu legen.«

»Touché!«, erwiderte Scott, als Mum wieder aus dem Cottage gehastet kam und mir eine Schachtel Eier in die Hand drückte.

»Carol weiß Bescheid. Seid so gut und kommt bitte bis spätestens achtzehn Uhr wieder nach Hause. Bis dahin sollte der Truthahn gar sein.«

Lächelnd strich sie sich über die Schürze, während Scott und ich uns auf den Weg machten.

Kapitel 18

Scott

»Carol wohnt in einem Herrenhaus?«, fragte ich ungläubig, als wir bei Eynsham Hall ankamen.

Donna zuckte mit den Achseln, als wäre das nicht weiter der Rede wert.

»Carol ist Mums beste Freundin. Die meiste Zeit über vergessen wir, dass sie in einem mondänen Herrenhaus wohnt. Ich glaube, ich habe Carol in meinem ganzen Leben noch nicht mit ihrem Titel angeredet.«

»Trotzdem ist das wirklich ein sehr imposantes Gebäude.«

Staunend blieb ich davor stehen und ließ meinen Blick über die Fassade, die zahlreichen Fenster und Schornsteine schweifen.

»Na schön. Eynsham Hall wurde in den 1770er-Jahren gebaut und Anfang des Zwanzigsten Jahrhunderts umgebaut. Das Landhaus wurde für die Sommerpartie oft als Jagdhaus genutzt. Im Zweiten Weltkrieg war in dem Haus eine Geburtenklinik und ein Erholungszentrum untergebracht. Das Haus befindet sich nach wie vor im Familienbesitz der Barrays. Und das ist übrigens Lady Carol Barray, die uns da gerade aus dem Fenster im ersten Obergeschoss zuwinkt.«

149

Donna hob ihre Hand und erwiderte den Gruß, während ich mir vorkam, als wäre ich in eine andere Zeit abgetaucht.

Schon als kleiner Junge hatte ich mich besonders für Geschichte interessiert. Wenn es nach mir gegangen wäre, dann hätte ich das Fach gerne studiert. Aber meine Eltern hatten ein wirtschaftswissenschaftliches Studium von mir erwartet, da ich als einziger Nachkomme zukünftig die Geschicke des Verlags leiten sollte.

Seufzend blieb ich noch einen Augenblick vor dem Haus stehen, während die Türen geöffnet wurden und sich eine kleine schlanke Person in einem perfekt sitzenden Etuikleid flink wie ein Wiesel auf uns zubewegte.

»Hallo, Donna, mein Schatz! Wen hast du uns da denn mitgebracht?«

Nun, da Carol mich von oben bis unten musterte, fiel es mir nicht mehr so leicht, mich auf das Gebäude vor mir zu konzentrieren. Außerdem bekam ich schnell eine Vorstellung davon, warum Carol und Betty sich so gut verstanden. Nach meinem Dafürhalten waren sich die beiden nämlich sehr ähnlich.

»Das ist Scott. Mein Freund«, erklärte Donna und wirkte dabei ein wenig verunsichert.

Ich streckte Carol meine Hand entgegen, woraufhin sie mich freundlich anlächelte. Allerdings hatte ich das Gefühl, dass sie nicht ganz zufrieden mit Donnas Wahl war. Warum auch immer.

»Da wird Rupert aber enttäuscht sein«, sagte sie schon im nächsten Augenblick und brachte damit Licht ins Dunkel.

»Ist er denn im Moment zu Hause? Mum hat mir erzählt, dass er in Südafrika ist.«

Carol lachte.

»Rupert ist ständig in der Weltgeschichte unterwegs. Ich sage ja immer, dass er mit der richtigen Frau an seiner Seite nicht mehr so umtriebig wäre. Aber er hört nicht auf mich. Doch du hast Glück. Vor knapp einer Woche hat er sich entschieden, uns mit einem Besuch zu beehren. Er ist im Haus. Kommt doch herein.«

»Sehr gerne«, platzte es schon im nächsten Augenblick aus mir heraus.

Denn ich wollte nichts lieber tun, als mir Eynsham Hall von innen anzusehen. Und wenn ich schon mal hier war, sollte ich die Gelegenheit beim Schopfe packen. So schnell würde sich mir die Möglichkeit sicher nicht mehr bieten.

Dummerweise war Donna da jedoch ganz anderer Meinung. Kopfschüttelnd stand sie neben mir, während sich Carol bereits bei mir unterhakte und mit mir zum Haus lief.

Donna blieb noch eine ganze Weile unschlüssig an Ort und Stelle stehen, ehe sie uns schließlich folgte.

Bereits im Eingangsbereich war mir die ausgesprochen fein gearbeiteten filigranen Schnitzereien der Jakobinischen Holztreppe aufgefallen. Sie war ein Meisterwerk ihrer Zeit.

Und zudem sicher sehr aufwendig in ihrer Herstellung gewesen.

»Sie scheinen sich für die alte Baukunst zu interessieren«, meinte Carol, als ich staunend vor dem Treppenhaus innehielt.

»Es ist ein beeindruckendes Relikt aus alter Zeit«, fachsimpelte ich, während ich hinüberging und mit meiner Hand beinahe ehrfürchtig über das Holz strich.

»Ich bringe die Eier mal eben in die Küche, damit der Simnel Cake gebacken werden kann, bevor der Earl hier eintrifft.«

Noch während die Hausherrin das sagte, war sie auch schon durch einen der Korridore verschwunden.

»Wir sollten jetzt besser gehen«, hörte ich Donna in meinem Rücken sagen.

Sie hatte ihre Hände vor ihrer Mitte verschränkt, als hätte sie Bauchschmerzen.

Gerade als ich zu ihr eilte, um nachzufragen, was sie dermaßen beunruhigte, waren Schritte auf der Treppe zu hören.

»Donna? Bist du das wirklich?«

Schon im nächsten Augenblick wurden die Schritte schneller, und ein Mann in einem eleganten schwarzen Anzug trat vor uns.

Donna lächelte ein wenig verlegen. Offensichtlich fühlte sie sich unwohl in ihrer Haut. Schon bereute ich es, dass ich ins Haus gegangen war, obwohl Donna nicht der Sinn danach gestanden hatte. Ich hätte mich zunächst mit ihr abstimmen sollen. Dafür war es nun zu spät.

»Hey, Rupert. Schön, dich zu sehen. Das muss eine halbe Ewigkeit her sein, dass wir uns zuletzt gesehen haben.«

Donnas Worte kamen ihr unsicher und abgehackt über die Lippen.

»Wir sollten mal wieder … essen gehen und uns ausgiebig unterhalten. Ich hab dir so viel zu erzählen. Vor allem bin ich mir jetzt im Klaren darüber, was ich wirklich will. Du bist …«

In diesem Moment räusperte ich mich, um auf mich aufmerksam zu machen. Denn der Redeschwall, der von diesem Rupert auf Donna niederging, verstörte sie zusehends. Bemerkte der Kerl das denn nicht?

»Oh, hallo! Und Sie sind?«, fragte er brüskiert.

Offenbar gefiel es ihm ganz und gar nicht, dass ich ihn unterbrochen hatte. Da ich allerdings nicht hier war, um Freundschaft mit ihm zu schließen, war mir diese Tatsache herzlich egal.

»Das ist Scott. Mein Freund«, erklärte Donna, nun ein wenig erleichtert.

Rupert musterte mich mit seinen Händen in den Hosentaschen von oben bis unten, ehe er seine rechte aus der Tasche zog und sie mir entgegenstreckte.

»Es ist mir eine Freude, Sie kennenzulernen.«

Am liebsten hätte ich ihm drauf erwidert, ob er sich da denn auch sicher sei. Ich ließ es allerdings, weil ich für Donna keine unangenehme Situation heraufbeschwören wollte. Zumindest keine, die ihr noch weiter zusetzte. Also nahm ich seine Hand an.

»Die Freude ist ganz meinerseits«, behauptete ich und drückte seine Hand dabei eine Spur zu fest.

Aber er sollte spüren, dass Donna mein Mädchen war und er gefälligst die Finger von ihr lassen sollte.

Unsere Blicke waren fest aufeinander gerichtet. Erst als sein Handy klingelte, löste er seine Hand aus meiner und ließ von mir ab.

»Da muss ich rangehen«, verkündete er entschuldigend, nachdem er sein Handy aus der Hosentasche gezogen hatte.

»Natürlich«, meinte Donna, während Rupert über die Treppe nach oben verschwand.

»Alles okay bei dir?«, fragte ich sie vorsichtig und strich ihr dabei eine Haarsträhne aus dem Gesicht.

Donna zuckte unter meiner Berührung zusammen. Schon tat es mir leid, dass ich ihr körperlich so nahe gekommen war.

»Rupert war der erste Junge, in den ich mich Hals über Kopf verliebt habe«, erklärte Donna und starrte dabei auf die Treppenstufen, über die Rupert soeben ins Oberge-schoss verschwunden war.

»Wir waren eine ganze Weile zusammen, haben gemeinsam viele schöne Dinge erlebt, ehe er wegging, um zu studieren. In seinen ersten Semesterferien kam er mit einer neuen Freundin an seiner Seite zurück nach Eynsham Hall. Als ich ihn darauf ansprach, meinte er nur, ich könnte doch nicht wirklich geglaubt haben, dass wir während seines Studiums noch immer zusammen sein würden.«

Eine Träne kullerte über Donnas Wange, während ich den unnachgiebigen Impuls verspürte, diesem Idioten nach oben zu folgen und Klartext mit ihm zu reden. Was für ein hirnverbrannter Schwachmat war das bitte, der Donna eine Abfuhr erteilte?

Und wenn mich nicht alles täuschte, dann hätte er vor wenigen Minuten am liebsten dort weitergemacht, wo sie vor vielen Jahren auseinandergegangen waren. Dabei hätte er nicht einen Augenblick gezögert, Donna wieder wie eine heiße Kartoffel fallen zu lassen, sobald ihm eine vermeintlich bessere Partie über den Weg gelaufen wäre. Was für ein Arschloch!

»Lass uns gehen«, sagte ich und legte ihr ganz zärtlich eine Hand auf die Schulter.

Donna löste ihren Blick von der Treppe und sah mich abwesend an, ehe sie ihren Kopf schüttelte und wieder in die Gegenwart zurückfand.

Der Abgrund, in den wir blickten, wenn wir an die Vergangenheit dachten, konnte eine so heftige Sogwirkung ausüben, dass wir das Gefühl hatten, zu fallen. Doch Donna sollte nicht fallen. Sie sollte fliegen. Und ich würde alles tun, um sie dabei zu unterstützen.

Auf dem Nachhauseweg sprachen wir kaum ein Wort miteinander. Jeder von uns beiden schien seinen eigenen Gedanken und Dämonen der Vergangenheit nachzuhängen. Ich konnte nur hoffen, dass Donnas Herz nicht länger an diesen Rupert gebunden war.

Der Kerl war nicht gut für sie. Und das wusste sie auch. Dummerweise funktionierte die Sprache des Herzens anders. Sie lauschte nicht auf die weisen Worte des Verstands. Mochten sie auch noch so aufschlussreich und sinnig klingen.

Gleichzeitig wollte ich mir nicht vorstellen, dass Donna noch immer etwas für diesen arroganten Mistkerl empfand. Denn ich spürte ganz deutlich, dass ich die Frau, an deren Seite ich gerade spazierte, bereits jetzt mehr in mein Herz geschlossen hatte, als gut für mich war.

Kapitel 19

Donna

»Der Truthahn schmeckt ganz vorzüglich, Betty. Vielen Dank, dass ich an diesem Essen teilnehmen darf.«

Scott war ein Gentleman mit formvollendeten Manieren. Und er wusste, was er sagen musste, um meine Mum um den Finger zu wickeln.

»Ach Scott, wie lieb von Ihnen. Ich hoffe, Sie fühlen sich wohl hier bei uns in Eynsham.« Dann wandte sie sich von ihm ab und sah zu mir. »Hat Carol euch das Haus gezeigt?«, fragte sie lächelnd, während ich augenblicklich wieder an mein erstes Aufeinandertreffen mit Rupert nach all den Jahren denken musste.

Mir wurde abwechselnd heiß und kalt. Wie hatte er nur so tun können, als wäre alles bestens zwischen uns, während er mir damals einfach das Herz aus der Brust gerissen, es auf den Boden geworfen hatte und darauf herumgetrampelt war? Glaubte er wirklich, wir könnten uns einfach zum Essen verabreden, als wäre nichts gewesen?

Hatte er womöglich Gedächtnislücken, die sein Verhalten erklären würden? Ob Mum etwas über einen Unfall wusste?

Aber nein, Rupert war einfach nur Rupert. Für ihn war er selbst der Mittelpunkt des Universums. Alle hatten um ihn zu kreisen. Und wer nicht tat, was er wollte, flog einfach aus seiner Umlaufbahn.

Schon ärgerte ich mich über mein kleines dummes Herz, das bei seinem Anblick regelrecht aus dem Takt geraten war. Dabei wusste ich ganz genau, dass ich nicht mehr in Rupert verliebt war. Es war vielmehr der Gedanke an eine Zeit, die mein Herz stolpern ließ. Eine Zeit, in der ich noch geglaubt hatte, so, wie ich war, geliebt zu werden.

Dabei hätte es mir schon damals merkwürdig vorkommen sollen, dass Rupert mich darum bat, unsere Beziehung geheim zu halten. Vermutlich hatte er bereits vor seinem Studium Affären mit anderen Frauen gehabt. Zuzutrauen wäre es ihm allemal. Und ich war so dumm gewesen und hatte mir schon in den schillerndsten Farben unsere Hochzeit vorgestellt und es kaum erwarten können, dass er während der Semesterferien nach Hause kam.

»Ja, sie hat uns hineingebeten«, antwortete ich ausweichend, da ich meiner Mum unter keinen Umständen etwas von Rupert erzählen wollte.

»Carol meinte, dass Rupert wieder da wäre. Hast du ihn denn gesehen?«

Der Bissen meines Pig in Blanket, den Mum extra für mich zubereitet hatte, blieb mir bei ihren Worten im Hals stecken. Dabei liebte ich die kleinen Würstchen im Speckmantel, seit ich denken konnte. Nur würde mich jetzt jeder neue Bissen immer an diese Situation mitten im Juni erinnern, als wir einen Weihnachtstruthahn aßen und über Rupert sprachen.

»Ja, er war da. Wir haben ihn kurz gesehen«, sagte Scott, noch ehe ich mir die richtigen Worte für meine Antwort zurechtlegen konnte.

»Ein furchtbar aufgeblasener Kerl, wenn ihr mich fragt«, meinte Dad und hob dabei den Blick von dem Buch, das neben seinem Teller lag und in dem er sogar während des Essens las.

Mum fand das schrecklich unhöflich und hatte ihn bereits gebeten, es wegzulegen. Doch Scott und ich hatten ihr versichert, dass wir nichts dagegen hätten. Also war sie überstimmt gewesen und hatte resigniert ihre Arme in die Höhe sausen lassen.

»Aber wir fragen dich nicht«, entgegnete Mum, die Dad das mit dem Buch noch immer krummnahm.

»Carol meinte, er will dieses Mal länger bleiben, um seine Hochzeit vorzubereiten. Seine Verlobte sollte in den kommenden Tagen eintreffen. Sie soll auch von adliger Abstammung sein. Ganz wie meine Großmutter schon immer zu sagen pflegte: ›Gleich und gleich gesellt sich gern.‹«

Dad seufzte.

»Was daraus für verblödete Schwachköpfe entstanden sind, hat uns die Geschichte leider mehrfach gezeigt. Die waren nämlich so gleich, dass sie einen nicht unerheblichen Anteil eines Genpools teilten.«

»Musst du da nicht etwas furchtbar Wichtiges in deinem Buch lesen, Max?«

Mum schien es gar nicht zu gefallen, dass Dad sich nun vermehrt in die Unterhaltung einmischte. Bücher am Tisch sollte er zwar nicht lesen, aber viel schlimmer war es, wenn er eine eigene Meinung hatte. Vor allem, wenn diese nicht mit Mums übereinstimmte.

Und das tat sie in diesem Fall kein bisschen. Schließlich war Mum bekennende Royalistin, während Dad sich ein Ende der Monarchie wünschte. Wie die beiden nur seit über dreißig Jahren zusammenleben konnten, ohne sich darüber zu zerstreiten, war mir nach wie vor schleierhaft.

Dad winkte ab, tat ihr dann aber den Gefallen.

»Er wird heiraten?«, fragte ich ungläubig, während ich mein dummes Herz dafür hasste, dass es sich Hoffnungen gemacht hatte, als Rupert mich heute zum Essen einladen wollte.

Zu präsent waren die schönen Zeiten zwischen uns in diesem Moment gewesen, als dass ich mir weiter Gedanken darüber gemacht hätte. Wie naiv ich doch noch immer war.

Rupert würde heiraten. Nicht mich, sondern eine andere. Eine Frau seines Standes.

Während mir diese Gedanken durch den Kopf gingen, legte Scott, der zu meiner Linken saß, seine Hand auf meinen Oberschenkel und sah mich lächelnd von der Seite an, als wollte er mir sagen, dass er für mich da war.

Darüber war ich so verblüfft, dass ich nicht wusste, wie ich darauf reagieren sollte. Nie im Leben hätte ich meinem Chef eine solch große Geste und so viel empathisches Verständnis zugetraut.

Hatte ich ihn in all den Jahren, die ich ihn nun kannte, womöglich vollkommen falsch eingeschätzt?

Unsere Blicke trafen sich. Verunsichert sah ich ihn an, während er seine Hand wieder von mir löste. Am liebsten hätte ich ihm signalisiert, wie dankbar ich ihm war, doch das war in diesem Augenblick nicht möglich.

Seine Augen ruhten warm und verständnisvoll auf mir, wie um mir zu sagen, dass ich nicht allein war. Ein Gefühl der Verbundenheit durchströmte mich. Und eine Vorahnung.

Was war das nur zwischen Scott und mir? Und wo würde es mich hinführen?

»Hat Carol dir denn gar nichts erzählt?«, fragte Mum.

»Was sollte sie mir denn erzählen?«

Irritiert blickte ich zu meiner Mutter, da ich keine Ahnung hatte, worauf sie hinauswollte.

»Na, von der Hochzeit, Donna. Himmel, du bist heute so fahrig wie dein Vater. Womit habe ich das nur verdient?«

Melodramatisch ließ sie ihre Arme durch die Lüfte kreisen.

»Hat mich jemand gerufen?«, fragte derweil Dad, der mal wieder seine Nase aus dem Buch vor ihm hob.

161

Mein Elternhaus war die reinste Irrenanstalt. Anders konnte ich es nicht sagen. Und ich saß mittendrin. Mit meinem Chef, der das alles miterlebte und es womöglich zu gegebener Zeit gegen mich ausspielen konnte. Worauf hatte ich mich da nur eingelassen? Wie hatte ich nur eine Sekunde glauben können, dass das eine gute Idee wäre?

Mum seufzte und warf dabei ihre Serviette von ihrem Schoß auf den Tisch.

»Entschuldige, Mum, ich war in Gedanken.«

»Wann wollen wir morgen eigentlich zum Clachtoll Beach losfahren?«, wechselte Scott gekonnt das Thema.

Er war wirklich gut. Egal, wie mies das Essen im Internat auch gewesen war. Er hatte dort eindeutig wichtige Dinge fürs Leben gelernt. Dinge, die mir jetzt schon zum wiederholten Mal halfen.

»Max, was meinst du? Wann fahren wir morgen los? Max?«

Während Mum sich auf Dad einschoss, war ich vom Haken. Erleichterung flutete meine Blutbahnen, weil wir nun sicher nicht mehr so schnell auf Rupert zu sprechen kommen würden.

Dankend blickte ich zu Scott hinüber, der mir verschwörerisch zuzwinkerte, während Mum noch immer zu Dad durchzudringen versuchte. Ohne Erfolg.

»Betty, was ist denn jetzt schon wieder? Ich habe noch genügend Fleisch. Und Wein möchte ich auch keinen mehr.«

Nun verdrehte meine Mum ihre Augen und ließ sich schwer in ihren Stuhl sinken.

»Das reinste Irrenhaus«, flüsterte ich Scott zu.

»Ich liebe es. Bei uns daheim wurde am Tisch nicht geredet. Wenn ich auch nur einen Versuch startete, meinen Eltern zu erzählen, wie mein Tag gewesen war, konnte ich das Dessert vergessen.«

Scott lachte, doch ich konnte mir vorstellen, dass er als Junge sehr unter dieser Behandlung gelitten hatte. Plötzlich tat es mir schrecklich leid für ihn, dass er so eine strenge Kindheit hinter sich hatte. Und ich rief mir in Erinnerung, dass man ein Buch nie nach seinem Cover beurteilen sollte. Ein Spruch aus der Welt der Bücher, der auch in diesem Fall ganz wunderbare Anwendung fand.

Nur weil Scott Fernsby nach außen hin alles besaß, wovon viele ein Leben lang träumten, hieß das noch lange nicht, dass er auch glücklich war. Und auch wenn Scott gerade lächelte, sah ich doch die traurige Kinderseele, die nach wie vor in ihm steckte.

»Ach Betty, wann fahren wir denn morgen los?«, fragte Dad gerade, und Scott kam aus dem Kichern gar nicht mehr heraus, tat jedoch so, als müsste er husten.

Meine Familie war besser als eine Sitcom. Aber solange Scott sich daran erfreute und sich nicht fragte, wo er hier nur gelandet war, war es mir einerlei. Schließlich kannte ich die beiden schon etwas länger.

»Wie wäre es so gegen neun Uhr? Dann könnten wir noch gemeinsam frühstücken«, meinte Scott, während Mum anhob, Dad eine gepfefferte Antwort auf seine Frage zu geben.

Doch Scotts Vorschlag nahm Mum den Wind aus den Segeln. Da hatte Dad definitiv noch mal Glück gehabt.

»Das klingt nach einer sehr vernünftigen Idee, Scott. So machen wir es. Ich muss mich dann leider wieder in mein Studierzimmer zurückziehen. In meinem Buch bin ich auf bahnbrechende Erkenntnisse gestoßen, die ich dringend mit den Aufzeichnungen, die ich dazu gemacht habe, vergleichen möchte.«

Noch ehe jemand etwas erwidern konnte, klappte Dad das Buch zu, erhob sich von seinem Platz und eilte bereits aus dem Zimmer.

»Dieser Mann bringt mich noch ins Grab«, jammerte Mum, während Scott damit begann, den Tisch abzuräumen.

Wenn er so weitermachte, dann war er bald unabkömmlich. Und was sollte ich Mum dann sagen, wenn unser Arrangement beendet war? Sie hatte ihn ja bereits jetzt in ihr Herz geschlossen. Das brauchte sie mir erst gar nicht zu sagen. Das sah ich in ihren Augen.

»Den solltest du behalten«, sagte Mum, als Scott aus dem Zimmer war, als handelte es sich bei ihm um einen Labradorwelpen aus dem Tierheim.

»Ich mag ihn. Sehr sogar«, erwiderte ich und stellte dabei fest, dass ich meinte, was ich da zum ersten Mal laut ausgesprochen hatte.

»Das ist die perfekte Basis. Ich meine, wenn man überlegt, dass ich deinen Dad inzwischen zum Mond schießen möchte, dann ist Mögen definitiv eine gute Ausgangsposition. Und du hast Glück. Er ist kein Professor an der Universität. Das heißt, ihr werdet im besten Fall euer Abendessen gemeinsam einnehmen können, ohne dass ein Buch zwischen euch liegt.«

»Mum, er ist Verlagschef«, erinnerte ich sie.

»Ach herrje. Das hatte ich ganz vergessen. Dann bedaure ich, dir sagen zu müssen, dass dir ein ähnliches Schicksal wie mir blüht.«

Sie lachte.

»Was ist so lustig? Kann ich mitlachen?«, fragte Scott, als er zurück im Wohnzimmer war.

»Frauengespräche, mein Lieber«, bremste Mum ihn aus und erhob sich ebenfalls von ihrem Stuhl, um Scott zur Hand zu gehen.

Da legte er seine Hand auf ihre Schulter und drückte sie zurück auf ihren Platz.

»Das mit dem Aufräumen und Abwaschen übernehmen Donna und ich heute«, verkündete er feierlich, ohne sich vorher mit mir abgesprochen zu haben.

Aber irgendwie fand ich es dennoch sehr süß.

»Na, das klingt ja wundervoll. Aber wir haben hier auf dem Land auch schon eine Geschirrspülmaschine«, entgegnete sie augenzwinkernd, während ich mir zwei Teller schnappte und rüber in die Küche ging.

»Scott?«, sagte ich, als wir nebeneinander an der Spüle standen, um das Geschirr in die Spülmaschine einzuräumen.

»Ja?«

Er sah zu mir auf und direkt in meine Augen. Schon im nächsten Moment hatte ich wieder das Gefühl, bis ans Ende meines Lebens in genau diese Augen blicken zu wollen.

Moment mal! Was waren das denn für Gedanken? Scott und ich?

»Ich wollte nur … Danke sagen. Es ist wirklich unglaublich, wie schnell du hier alle für dich gewinnen konntest. Ich meine … Sogar Dad hat Notiz von dir genommen. Und das, obwohl er gerade mitten in irgendwelchen Studien steckt.«

Ich lachte verlegen.

»Du machst es mir leicht«, sagte er und sah mich dabei durchdringend an. »Und deine Eltern natürlich auch. Ich habe das Gefühl, sie schon ewig zu kennen.«

So standen wir uns eine ganze Weile gegenüber. Ich hatte sogar noch die beiden Teller in der Hand, weil ich den Blickkontakt zu Scott nicht unterbrechen wollte.

»Hey, ihr beiden, anstatt euch hier in meiner Küche mit Blicken auszuziehen, geht hoch in euer Zimmer«, schlug Mum lachend vor und nahm mir die Teller aus der Hand, um sie in der Spülmaschine zu verräumen.

Erst jetzt fiel mir siedend heiß wieder ein, dass wir nur ein Bett für die Nacht hatten ...

Kapitel 20

Scott

»Nun, da sind wir also.«

Donna und ich standen vor dem Bett in ihrem Schlafzimmer, das sich in der Zwischenzeit leider nicht geteilt
oder einen Zwilling bekommen hatte. Es war noch immer
Donnas Jugendzimmerbett.

Und auch der Raum hatte im Laufe des Tages nicht an
Volumen zugenommen. Er war noch immer so klein und
schmal, dass ich unmöglich auf dem Boden schlafen konnte.

Egal, wie lange ich das Problem auch durch meine Gehirnwindungen wälzte, es wollte mir schlichtweg keine Lösung einfallen. Die Dinge waren nun mal so, wie sie waren.

»Es hat sich nichts verändert«, merkte Donna an, die offenbar auch auf ein Wunder gehofft hatte.

Da klopfte es an der Tür. Noch ehe wir etwas sagen konnten, öffnete sich diese und Donnas Mum streckte auch bereits ihren Kopf herein.

»Habt ihr alles, ihr Lieben? Ich habe hier Wasser für die
Nacht. Dad übernachtet heute im Gästezimmer, weil er
arbeiten will.« Sie verdrehte genervt die Augen. »Ich hoffe,
er stört euch nicht, wenn er bei seinen Überlegungen mitten
in der Nacht über den knarzenden Dielenboden wandert«,

entgegnete sie und überreichte Donna dabei zwei Flaschen Wasser. »Dann schlaft mal gut, ihr beiden.«

Betty grinste wissend, während sie uns beide abermals ansah.

»Gute Nacht«, erwiderten Donna und ich wie aus einem Munde.

»So ein Mist!«, meinte Donna, kaum dass Betty das Zimmer verlassen hatte.

Als sie meinen irritierten Blick bemerkte, führte sie ihren Gedanken in Worten aus.

»Ich wollte mich eigentlich hinüber ins Gästezimmer schleichen, sobald meine Eltern schlafen. Warum muss Dad denn unbedingt heute Nacht im Gästezimmer schlafen? Warum nimmt er nicht die dreihundertvierundsechzig anderen, während ich nicht hier übernachte?«

Donna schien regelrecht verzweifelt.

»Ich kann mich rausschleichen und mir ein Hotel suchen«, schlug ich vor.

»In Eynsham? Um diese Zeit ist allenfalls noch der Pub geöffnet. Dort gibt es allerdings keine Übernachtungsmöglichkeiten«, entgegnete sie.

»Oh.«

Nun war guter Rat teuer.

»Außerdem würde Mum umgehend Wind davon bekommen. Das hier ist nicht London, sondern ein winziges Nest in Oxfordshire mit nicht mal fünftausend Einwohnern,

Scott. Sobald du einen Fuß vor die Tür setzt, sind wir geliefert.«

Okay, die Lage war definitiv ernster als gedacht.

»Und wenn wir … es versuchen würden?«

Donna sah mich mit großen Augen an.

Erst da bemerkte ich die Zweideutigkeit meiner Worte.

»Ich meine, wir könnten versuchen, gemeinsam in dem Bett zu übernachten. Ich würde meine Sachen einfach anlassen und mich ganz an den Rand legen. Du brauchst dir keine Gedanken zu machen, dass ich die Situation in irgendeiner Form … ausnutzen könnte.«

Donna biss sich auf die Unterlippe. Offenbar ließ sie sich hinter ihrer Stirn gerade das Pro und Kontra durch den Kopf gehen.

»Ich befürchte, das ist die einzige Option, die uns geblieben ist.«

Es war ihr anzusehen, dass sie lieber eine andere gehabt hätte.

Ich unterdrückte meinen gekränkten Stolz. Schließlich hatte mir Donna keinen Korb gegeben. Denn Donna und ich waren kein Paar. Wir waren nicht einmal auf dem Weg dorthin. Und einen One-Night-Stand würde es auch nicht geben. Das hier war ein Abkommen zwischen zwei Geschäftspartnern. Nicht mehr und nicht weniger. Mein Verstand wusste das. Aber mein Herz war in dieser Hinsicht anderer Meinung.

Nun mussten wir eben das Beste aus der Situation machen und, so gut es ging, improvisieren.

»Möchtest du dich zuerst im Bad fertig machen?«, bot ich Donna an.

Auf diese Weise würde sie als Erste von uns beiden in ihr Bett schlüpfen können.

»Ja, gerne.«

Schon im nächsten Augenblick hatte Donna etwas aus ihrem Koffer geholt, das nach Kulturbeutel und Schlafanzug aussah. Dann war sie auch schon zur Tür hinaus und ließ mich mit meinen Gedanken allein.

Lächelnd blickte ich auf das Poster der Boyband *One Direction*. Meine Schulfreundin hatte mich irgendwann dazu überredet, mit ihr auf ein Konzert der Jungs zu gehen. Es war nicht unbedingt das beste Konzert, das ich in meinem Leben bisher gesehen hatte. Aber es war mir in lebhafter Erinnerung geblieben, weil Josie neben mir umgekippt war, woraufhin ein Sanitäter sie aus der Menge gezogen hatte.

Nachdem sie das Bewusstsein wiedererlangt hatte, war sie untröstlich darüber gewesen, dass sie das halbe Konzert verpasst hatte. Also hatte ich Grandpa gefragt, ob er mir das Geld für zwei weitere Tickets leihen könnte. Er hatte gelacht und mir das Geld letztlich geschenkt.

»Sorry für die Teenie-Deko in meinem Zimmer. Ich bin seit meinem Studium nicht mehr wirklich länger hier gewesen, um alles … auf Vordermann zu bringen. Es ist … irgendwie peinlich.«

Bei Donnas gequältem Gesichtsausdruck musste ich lachen.

»*One Direction* fand ich ziemlich cool. Mit den *Backstreet Boys* an der Wand hätte ich weitaus mehr Probleme«, offenbarte ich.

»Na, da habe ich ja noch mal Glück gehabt«, erwiderte Donna und lächelte mich an.

Ich mochte es, wenn sie lächelte. Dann strahlten ihre Augen so schön, und sie wirkte vollkommen gelöst.

Mittlerweile konnte ich mir gar nicht mehr erklären, warum mir nicht schon viel früher aufgefallen war, was für ein außergewöhnlicher Mensch Donna war. Ihr grauer Nadelstreifenanzug und die klobige Brille waren nicht unbedingt vorteilhaft für sie. Dennoch hätte mir der Mensch hinter der professionellen Fassade auffallen müssen. Ich sah ihre liebenswürdige Persönlichkeit jetzt ja auch. Trotz des viel zu weiten Flanellschlafanzugs.

»Du trägst gar keine Brille mehr«, stellte ich fest.

Donna, die sich offenbar fragte, wie ich jetzt auf diesen Gedanken kam, sah mich ein wenig verwundert an.

»Kontaktlinsen. Ich trage jetzt Kontaktlinsen«, erklärte sie, während ich meinen Blick nicht von ihren Augen abwenden konnte.

Donna legte ihre Hände schützend vor ihren Körper. Es war ihr anzusehen, dass sie sich nicht wohlfühlte. Und dass ich der Grund dafür war.

»Ich werde mal schnell ins Bad gehen.«

Donna nickte erleichtert, während ich mir meine Zahnbürste und die Zahnpasta schnappte und aus dem Zimmer eilte.

Im Spiegel über dem Waschbecken wartete mein Spiegelbild auf mich. Während ich mir die Zähne putzte, sah ich auf den Mann, der noch vor wenigen Tagen das einzige Ziel im Leben hatte, den Verlag seiner Familie vor der Schließung zu bewahren. Doch heute gab es da noch etwas anderes, wofür es sich zu kämpfen lohnte.

Mit jeder Minute, die ich länger in Donnas Nähe war, verspürte ich den unbändigen Drang, dauerhaft bei ihr zu sein. Der Gedanke an Mr Chang, der mir in den vergangenen Tagen einzig und allein durch den Kopf geschwirrt war, löste sich wie zäher Nebel endlich auf. Die Sonne brach durch und gab das Versprechen auf einen wunderschönen Tag.

Das ist nicht echt, Scott! Donna und du, ihr habt bloß einen Deal. Wenn sie dich nicht für den Einsatz bei der Geburtstagsfeier bräuchte, wärst du jetzt nicht einmal ansatzweise kurz davor, mit ihr in einem Bett zu übernachten. Und wenn du sie nicht für das Dinner im Ritz engagiert hättest, wüsstest du nach wie vor nicht mehr von ihr als ihren Namen und dass sie in deinem Verlag ihre herausragenden Fähigkei-

ten als Lektorin unter Beweis stellt, erinnerte mich meine innere Stimme mit Nachdruck.

So sah sie also aus: die Realität. Hatte ich mich in der Zwischenzeit in etwas verrannt, was es gar nicht wirklich gab? Beruhte das Gefühl der Verbundenheit und der Nähe zu Donna auf Gegenseitigkeit? Oder war ich vielmehr ein vollkommener Idiot, weil ich glaubte, Donna könnte etwas für mich empfinden, nachdem ich sie jahrelang nicht mal wirklich bemerkt hatte?

Manche Entscheidungen, die man im Leben traf, geschahen unterbewusst. Doch wenn ich darüber nachdachte, wie wenig ich mich darum bemüht hatte, meine Angestellten kennenzulernen, sah ich meinen Vater vor mir, der mir in dieser Hinsicht weiß Gott kein gutes Vorbild gewesen ist. Er hatte mir, schon als ich klein war, eingebläut, dass es in unserem Verlag nicht darum ginge, Freundschaften zu knüpfen.

Freunde traf man im Golfclub, unter seinesgleichen. Nicht auf der Arbeit, wo Menschen aufeinandertrafen, die aus unterschiedlichen gesellschaftlichen Schichten stammten. Gott, wenn ich so darüber nachdachte, was mein Vater für ein Snob war, wurde mir übel. Und wenn ich zugab, wie wenig Empathie auch ich in der Vergangenheit meinen Angestellten gegenüber aufgebracht hatte, hätte ich mich am liebsten übergeben.

Während ich mein Spiegelbild betrachtete, wurde ich mir der Tatsache bewusst, dass ich in den vergangenen Jahren meinem Vater immer ähnlicher geworden war. Dabei hatte ich doch stattdessen immer meinem Grandpa nacheifern wollen. Was war passiert? Wie hatte ich nur auf diesem Weg landen können, während ich mir doch als Kind und Jugendlicher immer vorgenommen hatte, nie so zu werden wie mein Vater?

Die Erkenntnis traf mich schwer. Dennoch musste ich in Donnas Zimmer zurückkehren, um den Schein zu wahren. Auch wenn es tief in mir drinnen rumorte und tobte, war ich Donna diesen Gefallen schuldig. Mehr als das.

»Ich dachte schon, du hättest es dir anders überlegt«, meinte Donna, nachdem ich zu ihr ins Zimmer gekommen war.

»Nein, ich musste nur … Es ist … Ach, egal. Lass uns schlafen! Morgen wird sicher ein anstrengender Tag. Wie lange werden wir nach Schottland brauchen?«

»Elf Stunden«, erklärte Donna und wirkte dabei ziemlich kleinlaut.

»Elf Stunden?«, erwiderte ich ungläubig und setzte mich auf die Bettkante.

Vor der Reise zu Donnas Eltern war alles so schnell gegangen, dass ich mich nicht damit auseinandergesetzt hatte, was es bedeutete, zu dem Geburtstag von Donnas Granny nach Schottland zu reisen.

Erst jetzt wurde ich mir des Ausmaßes dieses Unterfangens bewusst.

»Tut mir leid. Ich fliege nicht besonders gern. Deshalb fahren wir immer mit dem Auto zu meiner Granny. Das hätte ich dir sagen sollen. Aber wenn dir das zu viel ist oder du zurück nach London musst, dann verstehe ich das natürlich.«

Donna hatte sich die Bettdecke bis unters Kinn gezogen und sah mich aus müden Augen an.

Nie im Leben hätte ich sie in diesem Moment im Stich lassen können. Nicht einmal dann, wenn es das Dreifache an Zeit gekostet hätte, zu ihrer Großmutter nach Schottland zu reisen.

»Nein, ich werde natürlich mit dir zu der Geburtstagsfeier deiner Granny fahren. Wir haben einen Deal. Und so wie du dich an die Vereinbarung gehalten hast, werde ich nun auch meinen Teil dazu leisten. Ich hatte mir nur im Vorfeld keine Gedanken darüber gemacht, wie weit Schottland entfernt ist.«

Erleichterung legte sich wie ein Handyfilter über Donnas Gesicht. Die nahezu verkrampften Züge entspannten sich. Sie lächelte zaghaft.

»Kein Problem«, entgegnete sie erleichtert.

Doch kaum dass ich die Bettdecke anhob, schaute sie mich aus geweiteten Augen an. Dabei erinnerte sie mich an ein scheues Reh, das die drohende Gefahr genauestens beobachtete, um zu entscheiden, ob es fliehen musste oder bleiben konnte.

»Ich liege ganz hier vorne. Du brauchst dir keine Gedanken zu machen«, versuchte ich sie zu beruhigen.

»Ist gut«, erwiderte sie, während sie noch ein Stück in Richtung Wand robbte und mir damit das Gefühl gab, dass gar nichts gut war.

Als ich schließlich eine ziemlich unbequeme Liegeposition gefunden hatte, bei der ein Fuß schon auf der Kante des Bettes lag, betätigte Donna den Lichtschalter.

»Gute Nacht«, wünschte sie mir.

»Gute Nacht«, erwiderte ich, während ich mich darauf einstellte, dass dies ganz bestimmt keine gute Nacht werden würde.

Vermutlich würde ich schlaflos herumliegen und mich nach den ersten Sonnenstrahlen des neuen Morgens sehnen. Ab wann ich wohl das Bett wieder verlassen konnte, ohne damit Aufsehen zu erregen?

Und noch während ich darüber nachdachte, schlief ich ein.

Kapitel 21

Donna

Am nächsten Morgen hörte ich in der Ferne ein Geräusch, das mich weckte. Viel zu früh für mein Dafürhalten. Sicher war Mum bereits in der Küche und versuchte sich an den perfekten Sonntagsbrötchen.

Dumm nur, dass gar nicht Sonntag war und zudem die Brötchen meiner Mum an keinem Tag der Woche schmeckten. Leider! Zumeist waren sie hart wie Steine, und man konnte vermutlich problemlos jemanden damit erschlagen. Daran, sie zu essen, war jedoch nicht zu denken.

Und während ich mich fragte, was unten in der Küche meiner Eltern wohl vor sich ging, war ein Knarzen auf den Dielen im Obergeschoss zu hören. Sicher war Dad bereits mit seinen Büchern beschäftigt. Oder immer noch? Ich konnte nur hoffen, dass er heute Nacht auch ein wenig Schlaf gefunden hatte. Schließlich stand heute eine längere Reise an.

Mein Nacken schmerzte höllisch. Ich würde mir für meine nächste Übernachtung in meinem Kinderzimmer ein neues Kissen mitnehmen müssen. Dieses hier war viel zu hart und … es bewegte sich.

Wie vom Donner gerührt, riss ich meine Lider auf und erkannte sogleich den Ernst der Lage. Denn anstatt auf meinem Kissen hatte ich heute Nacht offenbar auf Scotts Brust geschlafen.

Wie peinlich!

Als ich meinen Kopf von meiner Nachtstätte nehmen wollte, räusperte sich Scott und machte Anstalten aufzuwachen. Dann würde er sehen, dass mein Kopf auf seiner Brust gebettet war. So weit durfte es unter gar keinen Umständen kommen.

Also blieb ich ganz ruhig, bis Scott den Eindruck machte, er würde wieder tief und fest schlafen. Erst dann hob ich ganz langsam und mit Bedacht meinen Kopf an und schob schließlich meinen Körper ein ganzes Stück weit von Scott weg.

Erst jetzt bemerkte ich, dass er tatsächlich auf der Kante geschlafen hatte. Ich hatte mich so breit gemacht, dass der Ärmste fast aus dem Bett gefallen war.

Noch während ich das dachte, räusperte sich Scott erneut und schlug die Augen auf. Zunächst schaute er in Richtung Zimmerdecke, ehe er zu mir herübersah. Das passierte jedoch so abrupt, dass es mir nicht mehr rechtzeitig gelang, meine Lider wieder zu schließen.

»Guten Morgen«, sagte Scott mit kratziger Stimme und verschlafenem Blick.

Ein Lächeln umspielte seine Lippen, während er sich mit der Hand über die Augen fuhr, um den Schlaf der vergangenen Nacht zu vertreiben.

»Guten Morgen«, erwiderte ich noch immer mit erhöhtem Puls.

Ob er wohl bemerkt hatte, dass ich mich ihm viel zu sehr genähert hatte?

Nun wollen wir die Dinge aber auch beim Namen nennen. Du hast dich an ihn rangemacht, meine Liebe. So sieht's aus!, stellte meine innere Stimme richtig.

Und ich hatte dem nichts entgegenzusetzen.

»Wie hast du geschlafen?«, fragte ich, um meine innere Stimme zu übertönen.

»Ich denke, ganz gut. Allerdings tut mir der Rücken weh. Ich sollte gleich aufstehen und ins Bad gehen. Vor dem Frühstück wäre eine Joggingrunde sicher eine gute Idee.«

Schon schob Scott die Bettdecke beiseite und setzte sich auf die Bettkante. Ein Gefühl des Bedauerns flutete mein Bewusstsein, während ich doch froh darüber sein sollte, dass ihm nichts aufgefallen war.

Scott ging jetzt sicher auch nicht joggen, weil er unbedingt joggen gehen wollte. Vielmehr suchte er bestimmt nach einem Weg, der verfahrenen Situation zu entkommen. Ich meine, wer wachte gern am nächsten Morgen neben einem mehr oder minder fremden Menschen auf?

Klar gab es Leute, die auch mal einen One-Night-Stand hatten. Aber dazu zählte ich so gar nicht. Ob Scott wohl daran Gefallen fand? Man hatte in der Firma ja schon so einiges über ihn munkeln hören. Angeblich hatte er sogar mal was mit Margot gehabt, der Schnepfe. Ob da wohl was Wahres dran war?

Als Scott sich vom Bett erhob, knarzte mein Dielenboden. Das erinnerte mich daran, dass Dad bereits wach war und hier oben herumgeisterte. Also entschied ich mich dazu, Scott vorzuwarnen.

»Mein Vater könnte dir auf dem Flur begegnen.«

Scott wandte sich zu mir um und schenkte mir dabei sein schiefes Grinsen.

»Er wird mich schon nicht nach Details unserer Liebesnacht fragen«, scherzte er.

Bei seinen Worten musste ich schlagartig wieder daran denken, dass ich Scott viel näher gekommen war als verabredet, und errötete bis unter den Scheitel.

»Vermutlich wird er dir lieber die Rechercheergebnisse der letzten Nacht präsentieren wollen«, entgegnete ich, als ich mich wieder ein wenig gefangen hatte.

»Ein gutes Argument dafür, schnell aus dem Zimmer und direkt ins Bad zu gehen«, meinte er nun mit ernster Miene.

Doch das Lächeln auf seinen Lippen verriet ihn.

Dann öffnete er die Tür, und ich atmete erleichtert auf, da ich nun ein paar Minuten für mich haben würde, um mich zu fangen und die Geister der Nacht zu vertreiben.

Mit der Hand auf der Klinke wandte Scott sich dann jedoch noch einmal zu mir um.

»Beim nächsten Mal schlafe ich übrigens lieber an der Wand. Heute Nacht wäre ich gleich mehrfach fast aus dem Bett gefallen.«

Dabei sah er mich so durchdringend an, dass ich mir der Tatsache bewusst wurde, dass Scott es wusste. Er wusste, dass ich mich an ihn gekuschelt und auf seiner Brust geschlafen hatte. Vermutlich hatte er sogar bemerkt, wie ich mich vorhin von ihm losgemacht hatte.

Allein der Gedanke daran trieb mir abermals die Schamesröte ins Gesicht. Im ersten Moment wusste ich überhaupt nicht, wie ich darauf reagieren sollte. Erst dann entschied ich mich zur Flucht nach vorn. Da hatte Scott die Tür allerdings fast schon wieder geschlossen und stand bereits im Flur.

»Ein nächstes Mal wird es nicht geben. Darauf kannst du Gift nehmen.«

»Sag niemals nie!«, kam leise als Antwort aus dem Flur, ehe die Tür geschlossen wurde.

Als ich den ersten Schock verwunden hatte, stand auch ich auf, zog mir etwas über und ging schließlich ins Bad, nachdem ich gehört hatte, wie Scott die Tür geöffnet hatte und dann nach unten gegangen war.

Als ich meinen Blick im Spiegel erkannte, bemerkte ich erst, dass mein Gesicht über und über mit Stresspusteln übersät war. Hoffentlich hatte Scott die nicht bemerkt.

Ich muss dich enttäuschen, Darling. Scott bemerkt einfach alles, erklärte meine innere Stimme lachend.

Statt mir weiter Gedanken über den Start in den heutigen Tag zu machen, würde ich erst mal unter die eiskalte Dusche gehen.

Danach sah die Welt schon ganz anders aus. Auch meine Stresspusteln hatten sich mit dem Schaum des Duschgels in den Abfluss verabschiedet.

Und überhaupt: Wer war Scott, dass ich mir seinetwegen so viele Gedanken machte? Natürlich war er mein Chef. Aber in dieser verqueren Lage, in der wir uns befanden, waren wir ebenbürtig. Genau so würde ich ihm jetzt begegnen: auf Augenhöhe.

Schließlich waren wir keine kleinen Kinder mehr. Wir waren erwachsen und würden als solche mit der Situation umgehen können. Im Grunde war auch überhaupt nichts passiert. Ich hatte Scotts Brust mit meinem Kissen verwechselt. Na und? Das konnte schließlich jedem mal passieren.

Nachdem ich mir auch die Zähne geputzt und meine Haare ein wenig gebändigt hatte, ging ich nach unten zu meiner Mum. Dabei hoffte ich inständig, dass Scott seine Joggingrunde noch ausdehnen würde. Doch leider ging mein Wunsch nicht in Erfüllung.

»Du bist schon zurück?«, fragte ich ein wenig pikiert.

Dabei hatte ich mir doch vorgenommen, mir nicht anmerken zu lassen, wie sehr seine Anwesenheit mich heute Morgen aus der Bahn geworfen hatte.

Scott, der mit dem Rücken zu mir dasaß und eine Tasse Tee trank, wandte sich grinsend zu mir um.

»Ich war noch gar nicht weg. Betty hat mir einen Tee angeboten. Den konnte ich nicht ausschlagen.«

Mum lächelte bei seinen Worten wie ein verdammtes Honigkuchenpferd.

Merkte sie denn gar nicht, wie er sie um den Finger wickelte? Oder wollte sie es am Ende nicht merken?

»Setz dich doch zu uns, mein Schatz. Möchtest du auch eine Tasse Tee?«

Mum erhob sich von ihrem Platz und ging geradewegs hinüber zu dem Küchenschrank, in dem sie ihre Tassen aufbewahrte, ohne meine Antwort abzuwarten.

Scott sah mich noch immer schmunzelnd an, während ich ihm am liebsten die Augen ausgekratzt hätte. Wir waren erwachsen. Warum schien er das gar nicht zu bemerken?

»Wie wär's? Warum begleitest du mich nicht auf meiner Joggingrunde und zeigst mir dabei ein wenig die Umgebung? Ich kenne mich hier schließlich nicht aus. Nicht, dass ich am Ende nicht zurückfinde und ihr ohne mich nach Schottland aufbrechen müsst.«

»Das wäre eine schreckliche Vorstellung«, erwiderte ich gespielt theatralisch.

Doch Mum schien meine Worte missverstanden zu haben.

»Ich finde auch, dass du Scott begleiten solltest. Und so ein bisschen Sport schadet dir auch nicht. In diesem verrückten London kommst du sicher nicht in den Park, wie ich …« Mum warf einen Seitenblick zu Scott, besann sich dann jedoch anders. Sicher wollte sie zunächst etwas über meinen strengen Chef sagen, der mich mit einem Billiglohn abspeiste und dafür auch noch verlangte, dass ich Überstunden machte.

»… dich kenne.«

»Hast du Sportschuhe?«, fragte Scott, dem die innere Zerrissenheit meiner Mum offenbar entgangen war.

»Selbstverständlich habe ich Sportschuhe. Ich werde allerdings nicht …«

»Perfekt«, rief Scott so laut aus, dass ich erschrocken zusammenzuckte und Mum fast die Tasse fallen ließ, die sie soeben aus dem Schrank genommen hatte.

»Den Tee müssen wir leider ein wenig verschieben, Betty. Donna zeigt mir die Umgebung«, tönte Scott mit anzüglich nach oben schnellenden Brauen.

»Was war das?«, fragte ich ihn, kaum dass ich meine Laufschuhe angezogen hatte und wir durch das kleine Holzgatter nach draußen auf die Straße getreten waren.

»Was war was?«, fragte Scott begriffsstutzig.

Am liebsten hätte ich ihn in diesem Moment vor den Lkw geschubst, der soeben die Landstraße entlangkroch. Allerdings war der so langsam unterwegs, dass er definitiv noch hätte bremsen können. Dieses Risiko wollte ich unter keinen Umständen eingehen.

»Du weißt ganz genau, was ich meine«, entgegnete ich und stemmte dabei die Hände in die Hüften.

Irgendwie war es merkwürdig, mich mit meinem Chef zu streiten. Bisher wäre ich nie auf die Idee gekommen. Aber bisher hatte er auch nicht versucht, mich aufzuziehen.

»Wenn wir noch länger in der Küche geblieben wären, dann hätte deine Mum sicher bemerkt, dass etwas zwischen uns nicht ganz im Reinen ist. Du solltest mir dafür danken, dass ich dich da rausgeholt habe. Wo geht's lang?«

Scott deutete erst nach rechts und dann nach links, während er mich fragend ansah.

»Ich bin dir ganz sicher nicht dankbar dafür, dass du mich eben vorgeführt hast. Und ich wollte auch überhaupt nicht laufen gehen«, schmollte ich wie ein kleines Kind, dem man den Lolli weggenommen hatte.

»Prima. Dann geh ich allein. Du kannst ja unterdessen deiner Mum erklären, dass du doch nicht laufen wolltest.«

Scott begann auf der Stelle zu trippeln, ehe er sich in alle Richtungen stretchte und dabei gar keine so schlechte Figur machte.

»Also schön, dann laufen wir eben eine kleine Runde am Ortsrand entlang in Richtung Wald. Aber ich will nichts von dir hören. Verstanden? Kein einziges Wort.«

Keine Ahnung, warum ich mittlerweile so sauer auf Scott war. O doch, ich wusste es. Dieses dämliche Grinsen in seinem Gesicht brachte mich zur Weißglut. Wenn er mich noch länger so ansah, dann konnte ich für nichts garantieren.

»Ihr Wille ist mir Befehl, Mylady«, verkündete Scott und trabte schon im nächsten Augenblick los, sodass er nicht bemerkte, wie ich genervt mit meinen Augen rollte.

Die ersten paar Meter waren die schlimmsten. Denn Mum hatte recht. Es war eine Ewigkeit her, seit ich mich das letzte Mal sportlich betätigt hatte. Aber dazu blieb in meinem Leben einfach viel zu wenig Zeit.

Generell bemerkte ich jedoch, dass es mir mit jedem weiteren Meter, den ich lief, immer besser ging. Meine schlechte Laune verabschiedete sich ungefähr auf der Hälfte der Strecke. Und als uns die Sonnenstrahlen am Waldrand im Gesicht kitzelten, wusste ich schon gar nicht mehr, warum ich so sauer auf Scott gewesen war.

Ohnehin war dies ein unglaublich schöner Tag Mitte Juni. Die Vögel zwitscherten, die Bienen summten, und Scott und ich, wir liefen. Immer weiter. Nachdem ich meinen inneren Schweinehund erst mal überwunden hatte, war es gar nicht mehr so schwer, einen Fuß immer wieder vor den nächsten zu setzen.

In der Ferne waren zwei Reiter zu sehen. Es sah schön aus, wie sie den schmalen Waldpfad entlangritten, die Vögel um sie herumschwirrten und ein Jack Russell sie auf ihrem Weg begleitete. Ein wenig erinnerte es mich an damals, als ich gemeinsam mit … »Rupert«, rief ich erschrocken aus und hielt in der Bewegung inne.

So abrupt, dass Scott, der gerade hinter mir gelaufen war, in mich hineinrauschte.

»Was ist passiert?«, fragte Scott besorgt, während die zwei Reitersilhouetten immer näher auf uns zukamen.

»Das muss seine Verlobte sein«, sagte ich und beobachtete die Frau mit den langen im Wind flatternden blonden Haaren dabei, wie sie lachend in ein Gespräch mit Rupert vertieft war.

Schon wollte ich mich umdrehen und von hier verschwinden. Denn das Letzte, was ich nun brauchte, war eine Vorstellungsrunde, bei der Rupert mich und seine Verlobte miteinander bekannt machte.

Gerade als mein Plan herangereift war, bemerkte Rupert, dass ganz in der Nähe zwei Menschen standen, und fixierte uns. Nun konnte ich nicht mehr einfach weglaufen, da er bereits auf mich aufmerksam geworden war. Und falls er mich erkannt haben sollte, wollte ich auf keinen Fall, dass er glaubte, ich würde vor ihm davonlaufen. Auch wenn ich genau das soeben vorgehabt hatte.

Ich befand mich in einer Zwickmühle. Und hatte keinen blassen Schimmer, wie ich aus der Sache wieder herauskommen sollte, ohne mich bis auf die Knochen zu blamieren oder in den sauren Apfel zu beißen und Ruperts Verlobte kennenzulernen.

»Was hast du vor?«, fragte Scott neben mir.

Seine dunklen Augen hatten sich zu schmalen Schlitzen zusammengezogen, während er mich durchdringend ansah. Auf seiner Stirn hatten sich Falten gebildet. Den Mund hatte er leicht geöffnet.

»Wegrennen ist wohl keine Option mehr. Rupert hat uns bereits entdeckt.«

Sollte ich daran noch meine Zweifel gehegt haben, so war ich nun vollends überzeugt davon, als er die Hand hob und uns freudig zuwinkte.

Anstatt mich auf die Joggingrunde einzulassen, hätte ich im Bett liegen bleiben sollen. Ich hätte …

Und noch ehe ich meinen Gedanken weiterführen konnte, legten sich zwei weiche warme Hände auf meine Wangen. Scotts dunkle Augen sahen mir bis auf den Grund meiner Seele, während ich ganz vergaß, wie das mit dem Atmen noch mal ging.

Wie in Zeitlupe bewegten seine Lippen sich auf meine zu, während Scott abwartete, wie ich darauf reagieren würde.

Erst als sein Mund den meinen küsste, verstand ich, was er vorhatte.

Völlig unvorbereitet auf einer Waldlichtung von seinem Chef geküsst zu werden, während einen die Sonnenstrahlen auf der Nasenspitze kitzelten und der Ex mit seiner Flamme vorbeigeritten kam, war merkwürdig. Mehr als das.

Dann jedoch zu bemerken, dass man den Kuss, der sicher nur dazu diente, Rupert und seine Verlobte dazu zu bewegen, an uns vorbeizureiten, insgeheim von ganzem Herzen herbeigesehnt hatte, war geradezu verstörend.

Zunächst war ich so überrumpelt von Scotts Kuss, dass ich ihn nicht erwiderte. Doch schnell bemerkte ich, wie mein ganzer Körper darauf reagierte und mir gut zuredete, es zumindest zu versuchen.

Als ich dann lichterloh in Flammen stand und unsere Küsse so leidenschaftlich wurden, dass ich kaum noch zum Atmen kam, hörte ich plötzlich Ruperts Stimme.

»Muss Liebe schön sein«, tönte er, woraufhin Scott eher widerwillig von mir abließ.

Wir beide sahen uns tief in die Augen, während wir zu fassen versuchten, was da gerade passiert war. Ob es Scott wohl auch so ergangen war wie mir? Oder hatte er mich ausschließlich geküsst, um Rupert dazu zu verleiten, einfach weiterzureiten? Hatte er sich womöglich aufgrund unseres Abkommens verpflichtet gefühlt, mich zu küssen?

Mit diesen und anderen quälenden Fragen im Kopf stand ich dem Mann gegenüber, den ich am liebsten gleich wieder geküsst hätte.

»Guten Morgen, Rupert«, begrüßte ich meinen Exfreund und schirmte dabei meine Augen gegen die Sonne ab, um ihn sehen zu können.

»Ein wundervoller Morgen. Nicht, Lucinda?«

Er wandte sich an seine Begleitung, die ihn bei der Nennung ihres Namens verträumt wie ein Honigkuchenpferd angrinste. Sie schien sehr verliebt in ihn zu sein. Ich konnte nur hoffen, dass er sie gut behandelte und ihr nicht eines Tages ebenfalls das Herz brach.

Schon verspürte ich den Drang, sie vorzuwarnen und ihr zu sagen, wie übel Rupert mir einst mitgespielt hatte. Aber ich wusste, dass sie mir kein Wort glauben und mich als verbitterte Ex abstempeln würde, die ihr ihr Glück nicht gönnte. Also hielt ich meinen Mund und hoffte derweil, dass Rupert es ernst mit ihr meinte.

»Traumhaft schön«, schwärmte diese, während Scott den Arm um meine Schultern legte und mich dicht an sich zog.

»Wir würden total gerne noch eine Runde plaudern. Ehrlich! Aber wenn wir länger herumstehen, dann werden die Muskeln wieder kalt. Wir müssen leider weiter«, erklärte er.

Mit einem »Ich wusste gar nicht, dass die Gesichtsmuskeln aufgewärmt gehören« blickte er zunächst zu Scott und dann zu mir.

Sein Blick hatte etwas Bedauerndes an sich. So, als würde Rupert erst jetzt verstehen, was er damals verloren hatte, als er in den Semesterferien mit seiner neuen Freundin nach Eynsham Hall gekommen war.

Aber nun war es zu spät. Ich würde nie wieder auf diesen Idioten hereinfallen.

Lachend ritten Rupert und Lucinda weiter, während ich mich ein für alle Mal emotional von einer toxischen Beziehung losmachte. Die Erleichterung, die diese Erkenntnis mit sich brachte, ließ mich aufseufzen.

»Alles okay bei dir?«, rief Scott sich mir wieder in Erinnerung, während Rupert und Lucinda in der Ferne nur noch einen großen Klecks ausmachten.

»Mir geht es blendend. Lass uns weiterlaufen. Wer zuerst bei der hohen Fichte dahinten ist.«

Noch während ich das sagte, spurtete ich bereits los.

»Hey, das gilt nicht. Das ist unfair«, jammerte Scott in meinem Rücken, während ich noch einen Zahn zulegte.

Kapitel 22

Scott

Wenige Meilen vor dem Ziel unserer langen Reise nach Schottland legte Donna ihr Buch beiseite, denn sie sah schon wieder etwas grün um die Nase aus.

»Ich liebe die Highlands. Wenn ich könnte, würde ich hier wohnen«, erklärte sie und sah dabei geradewegs durch die Windschutzscheibe nach draußen auf die leere Landstraße.

Die komplette Fahrt von etwas mehr als elf Stunden über hatten wir kaum miteinander geredet. Wenn überhaupt, dann war die Sprache jedoch nie auf den Zwischenfall von heute Morgen im Wald zu sprechen gekommen.

Was ich sehr bedauerte.

Denn ich hätte nur zu gern gewusst, was Donna dabei empfunden hatte, als wir uns an der Waldlichtung geküsst hatten.

Zunächst hatte sie den Kuss nur zaghaft erwidert. Den Kuss wohlgemerkt, den ich vollkommen überstürzt als einziges Mittel der Wahl auserkoren hatte, um Donnas Ex eins auszuwischen.

Ob es mir gelungen war, konnte ich nicht mit Gewissheit sagen. Jedoch machte er bei seinem Abgang keinen besonders gelösten Eindruck. Ein Teilerfolg war uns also sicher.

Während Donna noch immer versonnen nach draußen schaute und die Umgebung bestehend aus Hügeln, satten grünen Wiesen, Flüssen und Schafen an uns vorbeiziehen ließ, musste ich an den zweiten Teil des Kusses denken, der so viel leidenschaftlicher gewesen war als jeder Kuss zuvor in meinem Leben.

Mein ganzer Körper sehnte sich förmlich danach, genau dort weiterzumachen, wo Donna und ich heute Morgen viel zu schnell aufgehört hatten. Aber wie empfand das Donna? Ging es ihr ähnlich? Oder wollte sie den Kuss am liebsten so schnell wie möglich wieder vergessen?

Noch wenige Tage zuvor war mir Donna McAlee nicht einmal wirklich aufgefallen, obwohl sie im Büro täglich vor meiner Nase herumspaziert war. Und nun konnte ich gar nicht genug von ihr kriegen. Grandpa wüsste, was zu tun war. Warum war er nur nicht hier, um mir mit guten Ratschlägen auszuhelfen?

Am liebsten hätte ich fluchend die Hände aufs Lenkrad sausen lassen. Aber das würde mich im Moment nur in weitere Erklärungsnöte stürzen. Also riss ich mich so gut es ging zusammen und hoffte inständig auf eine Wiederholung.

»Es ist ausgesprochen schön hier«, befand ich und blickte weiterhin stur geradeaus in Richtung der Fahrbahndecke.

Donnas Eltern waren heute Morgen erst nach uns aufgebrochen, da Max in letzter Sekunde festgestellt hatte, dass ihm ein ganz wichtiges Buch in seinem Koffer fehlte. Es würde also noch etwas dauern, bis sie bei Donnas Granny ankommen würden.

Außer vereinzelte Schafherden auf den grünen satten Wiesen und Hügeln war mir schon eine ganze Weile keine andere Menschenseele begegnet. Das war fast ein wenig gespenstisch. Aber irgendwie auch schön, nicht ständig auf den Verkehr achten zu müssen, weil mal wieder einer zum Überholen angesetzt hatte und erst ganz scharf vor einem entgegenkommenden Wagen wieder in die Spur reinfuhr.

Auch wenn ich bisher noch nicht oft in Schottland gewesen war, wusste ich doch um die Nähe zur Natur, um das reiche kulturelle Erbe und den ausgezeichneten Whisky, von dem mein Vater die Finger nicht lassen konnte.

»Dann warte erst mal ab, bis wir bei Granny am Clachtoll Beach sind. Du wirst es lieben. Diese Weite, die gute Luft, das gute Essen … Es ist … wie ein wahr gewordener Traum.«

In diesem Augenblick löste sich ihr Blick von der Windschutzscheibe und richtete sich geradewegs auf mich. Während ich noch überlegte, ob sie den Clachtoll Beach als wahr gewordenen Traum bezeichnet hatte oder vielmehr Andeutungen auf etwas anderes machen wollte, schrie Donna laut auf.

»Achtung! Schafe!«

Nach einer scharfen Kurve tauchte mitten auf der Straße eine Schafherde auf. So schnell und so fest ich konnte, presste ich meinen Fuß auf das Bremspedal. Der Wagen hielt im allerletzten Augenblick kurz vor einer Schafsnase an. Doch die Tiere ließen sich davon nicht beeindrucken, sondern sahen uns nur kurz aus ihren braunen Knopfaugen an und blockierten dann weiterhin die Fahrbahn.

»Das war verdammt knapp«, sagte ich und spürte dabei, wie mir das Blut durch die Adern rauschte.

Donna neben mir atmete hörbar aus und schien ebenfalls schon vom Schlimmsten ausgegangen zu sein.

Ihre rechte Hand krampfte sich noch immer um den Griff über ihrem Sitz, während ihr Blick starr nach vorn auf die Schafe gerichtet war.

»Wir müssen sie von der Straße vertreiben.«

»Das klingt nach einem Abenteuer, das ich schon immer erleben wollte«, erwiderte ich grinsend, woraufhin mir Donna wieder diesen etwas verlegenen Blick zuwarf, mit dem sie mich nach dem Kuss schon das ein oder andere Mal bedacht hatte.

Doch in diesem Augenblick verbat ich es mir, weiter darüber nachzudenken, was Donna wohl davon hielt und ob sie an eine Fortsetzung dachte. Es galt, ein paar Tieren den sicheren Übergang über eine nicht sonderlich viel befahrene Straße zu zeigen. Aber im Grunde reichte auch schon ein unaufmerksamer Autofahrer und die Katastrophe war perfekt. So weit durften wir es nicht kommen lassen.

Nachdem ich meine Wagentür geöffnet hatte, sahen vereinzelte Tiere der Herde in meine Richtung. Doch so richtig beeindruckt schienen sie nicht von mir. Nicht mal, als ich meine Arme hob, um sie auf die nur wenige Meter von der Straße entfernte Weide zu treiben.

Donna kam lachend aus dem Wagen.

»Was denn?«, meinte ich ein wenig angesäuert.

Schließlich gab ich hier nichts weniger als mein Bestes.

»Nichts, nur … Das, was du da machst, sieht … urkomisch aus.«

Sie lachte erneut.

»Ach ja? Dann mach es besser«, entgegnete ich entnervt.

Doch Donna lachte noch immer, ehe sie schließlich dazu überging, die Tiere auf die Weide zu locken. Und auch wenn ich mich gerade über sie geärgert hatte, musste ich zugeben, dass sie dabei wesentlich erfolgreicher war als ich.

Aber sicher hatte Donna schon das ein oder andere Mal Schafsherden in die richtige Richtung treiben müssen, während das hier für mich das erste Mal war.

»Na los, du kleines süßes schwarzes Schaf. Du musst auch zu deiner Herde zurück. Was machst du denn so ganz allein hier auf der Straße?«

Die Art und Weise, wie Donna auf das zurückgebliebene Schaf auf der Straße einredete, erwärmte mein Herz und ließ mich darüber hinwegsehen, dass sie mich noch vor wenigen Minuten ausgelacht hatte.

»Das wäre geschafft«, sagte sie schließlich und wischte sich geschäftig die Hände, als hätte sie soeben jedes Schaf einzeln auf die andere Straßenseite getragen.

»Sieht ganz danach aus«, erwiderte ich.

»Jetzt schmoll doch nicht länger.« Donna kam zu mir, während ein zufriedenes, aufrichtig glückliches Lächeln ihre Mundwinkel umspielte.

»Ich schmolle überhaupt nicht«, entgegnete ich und klang dabei, als würde ich sehr wohl schmollen.

Mission not completed.

»Das sieht man.«

Sie lachte erneut und schüttelte leicht ihren Kopf, sodass einzelne ihrer braunen Haarsträhnen durch die Luft wirbelten.

»Was muss ich tun, damit du nicht mehr schmollst?«, fragte Donna mit einem Augenaufschlag, der mich alles vergessen ließ.

Ich wusste genau, was ich auf ihre Frage antworten sollte. Ich wusste es, aber ich schaffte es dennoch nicht. Schließlich war ich nach wie vor nicht sicher, wie Donna zu unserem ersten Kuss stand. Also konnte ich sie wohl schlecht um eine Wiederholung bitten. Oder?

»Ich … Vielleicht sollten wir besser weiterfahren, bevor uns auf dieser Straße jemand entgegenkommt. Die Schafe schauen auch so, als würden sie nur darauf warten, ihre sichere Weide gleich wieder zu verlassen.«

Donna warf mir zunächst einen ernsten Blick zu. Offenbar hatte sie bemerkt, dass ich ihr ausgewichen war. Anstatt mich jedoch danach zu fragen, setzte sie ein Lächeln auf und ging zurück zum Wagen, um einzusteigen.

»In knapp dreißig Minuten sind wir bei Granny. Wie ich sie kenne, wird sie uns mit einer leckeren Blaubeertorte empfangen«, schwärmte Donna ganz verträumt, als erinnerte sie sich just in diesem Moment an den Geschmack dieser Torte.

»Warum sagst du das denn erst jetzt?«, fragte ich grinsend, setzte mich eilig hinters Lenkrad und gab dem Bentley die Sporen.

»Ich wusste gar nicht, dass du auf Blaubeertorten stehst«, meinte Donna, nachdem wir die Kurve genommen hatten und keiner weiteren Schafherde begegnet waren.

»Du weißt so einiges nicht von mir.«

Eigentlich hatte ich meine Stimme lustig klingen lassen wollen. Doch letztlich erinnerte sie mehr an Superman in seinen düsteren Kurz-vor-dem-Weltuntergang-Momenten.

»Scott, ich …«, hob Donna an, als plötzlich mein Handy klingelte.

Grandpa.

Da ich jeden seiner Anrufe entgegennahm, egal, in welcher Lebenssituation ich mich gerade befand, machte ich auch in diesem Fall keine Ausnahme.

»Hi, Grandpa! Wie geht's dir?«

Bei dieser Frage schwang immer ein wenig Beunruhigung mit. Denn ich mochte mir gar nicht ausmalen, wie es sich anfühlen würde, wenn er auf diese Frage mit »Nicht gut« antworten würde.

»Gut, gut, mein Junge«, ertönte seine feste warme Stimme über die Freisprechanlage. »Aber wie geht es dir? Ich habe gehört, du bist gerade nicht in London. Wo treibst du dich herum, Scott? Und hat das am Ende womöglich etwas mit einer Frau zu tun?«

Sein obligatorisches Keuchen war zu hören, nachdem er einen paffenden Laut von sich gegeben hatte.

»Ich bin tatsächlich unterwegs. Gerade fahre ich durch die schottischen Highlands«, erklärte ich ihm mit Seitenblick auf Donna, der anzumerken war, dass sie sich von Grandpas Anruf ein wenig verunsichert fühlte.

Schließlich war sie dafür verantwortlich, dass ich meine Aufgaben im Verlag vernachlässigte.

»Wunderschöne Gegend. Ich war dort früher oft zum Wandern, später auch mit dir, mein Junge. Ein paar meiner Freunde wollten mich immer dazu überreden, mit ihnen jagen zu gehen. Aber das wäre mir nie in den Sinn gekommen. Du gehst doch nicht etwa jagen, Scott. Oder?«

Grandpas Stimme klang aufgebracht, ehe er abermals zu husten begann.

»Nein, ich gehe nicht auf die Jagd. Vielmehr besuche ich mit einer Freundin ihre Granny zu deren achtzigstem Geburtstag.«

»Das lob ich mir, mein Junge. Aber erzähl mir mehr von deiner Freundin. Kenne ich sie?«

Nun warf ich einen Blick hinüber zu Donna, der anzusehen war, dass sie sich weit weg wünschte. Vermutlich sogar zurück ins Verlagsgebäude, wenn sie auf diese Weise dem Gespräch hätte fernbleiben können.

Aber mitgegangen, mitgehangen.

»Nein, du kennst sie nicht. Aber du solltest sie kennenlernen«, entschied ich und blickte dabei in Donnas Richtung.

Der Farbton ihrer Wangen war von einem zarten Rosa zu dem einer überreifen Tomate übergegangen. Dabei blickte sie starr geradeaus und hätte sich, meinem Eindruck nach, am liebsten unsichtbar gemacht.

»Das hört sich ganz so an, als hätte mein lieber Enkel endlich die Frau fürs Leben gefunden. Freut mich riesig, mein Junge. Grüß sie lieb von mir und kommt mich besuchen, sobald ihr wieder in London seid. Und der Großmutter, unbekannterweise, natürlich alles Liebe und Gute zum Geburtstag. Mein achtzigster war eine Wucht. Ich kann nur hoffen, dass ihrer mindestens genauso schön wird. Wenn nicht sogar noch besser.«

Dann beendete er das Gespräch.

Tut. Tut. Tut.

201

»Entschuldige bitte, aber Grandpas Anrufe nehme ich immer an. Ich will mir nicht vorwerfen müssen, dass ich im entscheidenden Augenblick nicht für ihn da war.«

Donna sah zum ersten Mal seit dem Gespräch in meine Richtung und lächelte zaghaft.

»Das ehrt dich, Scott. Wirklich.«

Donnas Worte klangen aufrichtig, auch wenn ich den Eindruck hatte, dass sie etwas bedrückte.

»Was ist los?«, hakte ich deshalb nach.

»Ich bin mir gerade das erste Mal der Tatsache bewusst geworden, dass wir die Menschen, die wir lieben, anlügen. Und ich weiß nicht mehr, ob es wirklich so eine gute Idee war, dich zu bitten, mich zu Granny zu begleiten.«

Autsch! Treffer, versenkt.

»Wenn du möchtest, dann setze ich dich dort ab und verschwinde wieder.«

Das war einer der härtesten Sätze, die ich je laut ausgesprochen hatte. Und ich musste bereits Menschen entlassen und ihnen die sichere Existenz nehmen. Nicht, weil ich es gewollt hätte. Nein, weil Mr Chang mir die Pistole auf die Brust gesetzt hatte und erwartete, dass ich seinem Befehl Folge leistete.

»Nein, das möchte ich nicht. Ich bin nur unsicher, ob das, was ich tue, richtig ist. Ich möchte niemanden verletzen, das ist alles.«

»Ich denke, wir verletzen niemanden, indem wir ihnen Hoffnung machen. Mein Grandpa wünscht sich schon seit Längerem eine Frau für mich. Bisher war nie die richtige dabei. Und wie sich eine Beziehung entwickelt, das weiß man nie.« Ich seufzte. »Was ich sagen will: Wir könnten jetzt wirklich ein Paar sein und uns in wenigen Monaten wieder trennen. So spielt das Leben. Es gibt keine Garantie für die Liebe.«

Donna sah mich über die Schulter hinweg an.

»Ja, du hast recht. Eine Garantie gibt es nicht. Dennoch empfinde ich das, was ich mache, gerade als falsch. Gleichzeitig weiß ich aber auch, dass Granny sich nichts sehnlicher wünschen würde als einen Partner an meiner Seite. Und Mum und Dad haben dich schon jetzt in ihre Herzen geschlossen. Keine Ahnung, wie du das angestellt hast.«

Sie grinste.

»Wie bitte? Also ich würde sagen, indem ich all meinen Charme habe spielen lassen und mich von meiner besten Schwiegersohn-Seite gezeigt habe«, echauffierte ich mich.

»Du hast eine Schwiegersohn-Seite? Ist die rechts oder links?«

Nun lachte sie so unbefangen und laut auf, dass mein Herz einen Freudenhüpfer machte.

»Links, natürlich. Ganz nah beim Herzen«, erwiderte ich.

»Könnte romantisch klingen, wenn es nicht so schleimerisch wäre.«

Donna lachte nun noch eine Spur lauter und herzlicher. Sie schien sich köstlich zu amüsieren.

»Wie bitte? Ich hör wohl nicht recht. Ich sollte auf der Stelle umdrehen und dich bei den Schafen absetzen. Deine Eltern werden hier ohnehin irgendwann vorbeikommen und dich aufsammeln.«

In diesem Moment klang ich aufgebrachter, als ich mich geben wollte.

»Ach komm schon, Scottilein, das würdest du doch nie tun«, ulkte Donna und pikste mich in die Seite.

»Ich ziehe es ernsthaft in Erwägung«, entgegnete ich und gab mich eisern.

»Bei deinem Glück läuft die Herde dir wieder vors Auto. Und wer soll dir dann helfen, die Schafe von der Straße zu vertreiben?«

Noch ehe ich auf Donnas Frage antwortete, fuhr ich den Wagen an den Rand.

»Na schön, dann fahren wir eben weiter zu deiner Granny an den Clachtoll Beach. Aber eins will ich dir sagen, Donna.«

»Ja?«, fragte sie mit weit aufgerissenen Augen, während sie mir fest auf die Lippen blickte, wie um die Worte, die da herauskamen, gleich aufzusaugen.

»Das erste Blaubeertortenstück ist für mich. Dass das klar ist.«

Zunächst sah sie mich mit irritierter Miene an, dann schüttelte sie leicht den Kopf und lachte abermals.

Ich wertete das als Zustimmung und fuhr weiter.

Kapitel 23

Donna

»Da vorne ist schon Grannys kleines Cottage. Und da drüben ist das kleine B&B von Cailan und Lara, in dem wir während der Zeit hier unterkommen werden.«

Ich war so aufgeregt wie ein Kleinkind, das sich darauf freute, gleich mit seinem Schäufelchen und dem Eimer an den Strand zu gehen und eine Burg zu bauen oder Muscheln zu sammeln.

»Das sieht wirklich traumhaft schön aus«, bestätigte Scott mir.

Und es klang, als meinte er es auch so, wie er es sagte.

Die untergehende Sonne ließ das Wasser am Strand glitzern und funkeln. Ich hatte das Fenster des Bentleys geöffnet, um die frische Seeluft ganz fest in meine Lungen zu saugen und dem Rauschen des Meeres zu lauschen, während sich das Salz auf meine Zunge legte und mir einen Vorgeschmack von Heimat präsentierte.

Was für ein Ausblick! Alles wirkte so ruhig und friedlich. Nichts hatte sich seit meinem letzten Aufenthalt hier verändert. Es schien fast so, als stünde in Clachtoll die Zeit still. Eine herrliche Abwechslung zu dem ewig quirligen und sich in Bewegung befindlichen London. Da hatte man letzte

Woche noch einen Lieblingsvietnamesen um die Ecke und musste bei seinem nächsten Besuch feststellen, dass in den Räumlichkeiten nun Handyverträge verkauft wurden.

»Granny hilft in dem B&B in der Küche aus. Das Haus gehörte ihrer besten Freundin. Nun gehört es ihrem Sohn und dessen Frau. Die beiden sind ein Herz und eine Seele.«

In meinen Worten schwang eine Spur von Wehmut mit.

Dabei wusste ich nicht, ob ich traurig darüber war, die beiden nur selten zu sehen, oder ob ich mir vielmehr nicht selbst jemanden an meine Seite wünschte, mit dem ich so innig verbunden war.

»Das hier ist anders als London. Sehr provinziell, nahezu winzig«, sagte ich, nachdem Scott es vorgezogen hatte zu schweigen.

Am Ende fand er die Einöde hier schrecklich, und ich hatte ihn auch noch dazu genötigt, mich hierher zu begleiten.

»Ich finde es genau richtig. Es ist so wunderschön, dass mir bisher die passenden Worte fehlen. Aber ich kann sehr gut nachempfinden, warum du so gerne hier bist. Dafür lohnt sich jede noch so lange Reise.«

Scott hatte es genau auf den Punkt gebracht. Ich würde eine doppelt so lange Autofahrt auf mich nehmen, um an den Clachtoll Beach zu gelangen. Ob er wohl nach unserer gemeinsamen Zeit je wieder zurück an diesen magischen Ort kommen würde? Vielleicht sogar mit mir?

Um diesen Gedanken schnellstmöglich wieder aus meinem Kopf zu vertreiben, schüttelte ich ihn leicht und besann mich auf ein anderes Kapitel in meinem Leben.

»Früher war ich jeden Sommer mit meinen Eltern hier. Ich kenne jeden Stein, würde ich mal behaupten. Und die neuen würde ich gerne alle kennenlernen. Das hier ist mein Happy Place. Der Ort, an dem ich glücklich bin. Hast du auch einen?«

Scott schien über meine Frage erst ein wenig nachdenken zu müssen.

»Ich bin der Meinung, dass ein Happy Place nicht an einen Ort, sondern vielmehr an einen Menschen geknüpft ist. Das ist aber nur meine ganz spezielle Meinung. Ich lass dir gerne die deine.«

So diplomatisch wie immer. Und dabei wirkte er auch noch ziemlich sexy. Nach und nach verstand ich, warum die Frauen aus dem Verlag reihenweise auf ihn standen. Bei der ganzen Auswahl würde ich nie eine Chance bei ihm haben.

Wie durch Geisterhand schob sich der Kuss des heutigen Vormittages wieder vor mein geistiges Auge, und eine Gänsehaut überzog sogleich meinen ganzen Körper. Nie zuvor hatte ich mich so unglaublich in einen Kuss verliebt.

Moment mal! Konnte man sich überhaupt in einen Kuss verlieben? Aber vielleicht war das wie bei Scott mit dem Happy Place. Jeder hatte eine andere Definition. Und ich hatte mich definitiv in diesen unglaublich leidenschaftlichen und das Herz zum Stolpern bringenden Kuss verliebt.

»Ich hoffe, ich habe dich mit meiner Meinung nicht vor den Kopf gestoßen«, meinte Scott nach einer Weile, in der ich schweigend neben ihm gesessen hatte, weil meine Gedanken ihren ganz eigenen Weg gegangen waren. Wo war ich noch mal falsch abgebogen?

»Nein, ich war nur … in Gedanken. Entschuldige bitte. Aber ich habe so viele Erinnerungen an diesen Ort, dass ich von ihnen wie von einer Welle überspült werde.«

»Ich bin früher oft mit Grandpa in den Hyde Park gegangen. Das ist vielleicht nicht ganz vergleichbar mit diesem zauberhaften Ort, an dem deine Granny wohnt, aber ich habe noch heute unzählige Erinnerungen daran, wenn ich dort spazieren gehe. Ich kann das also durchaus nachempfinden.«

»Da steckt wohl doch ein kleiner Mr Darcy in dir«, neckte ich ihn schmunzelnd.

»Das verstehe ich jetzt nicht.« Scott verzog sein Gesicht, als hätte er in eine saure Zitrone gebissen.

»Na ja, er war schließlich auch sehr naturverbunden.«

Scott lachte.

»O ja, wenn es danach geht, bin ich ein richtiger Naturbursche.«

Schon nahm sich mein geistiges Auge seine Worte als Grundlage und stellte sich Scott mit offenem rot-weiß kariertem Flanellhemd und lässiger Jeans vor. Dazu noch ein paar Boots und ein Hut. O ja. Ein Hut rundete das Outfit erst ab. Gepaart mit dem sexy Dreitagebart und diesem unglaublich attraktiven Grinsen könnte ich für nichts mehr garantieren.

»Donna? Ist alles okay bei dir? Du wirkst ein wenig abwesend. Und dein Blick ist ganz glasig.«

Scott riss mich unvermittelt aus meinen Gedanken. Schon war mir das, worüber ich soeben nachgedacht hatte, schrecklich peinlich. Schließlich war Scott Fernsby mein Chef und nicht irgendein Mann, dem ich unterwegs begegnet war und mit dem ich nun meine Freizeit verbrachte.

Ich musste ganz dringend an mir arbeiten, wenn ich nach dem Aufenthalt in Schottland noch einen Job haben wollte. Denn ohne meinen Job würde ich mir ein Leben in London nicht mehr leisten können.

Viel schlimmer, als meine Miete nicht mehr zahlen zu können, wäre jedoch der Gedanke, nicht mehr in dem Verlag arbeiten zu dürfen, in den ich in den vergangenen Jahren so viel Zeit und Herzblut gesteckt hatte.

Erst jetzt wurde ich mir über das Ausmaß meiner einfältigen und vorschnellen Entscheidung bewusst. Wenn Scott mich nach dem Aufenthalt am Clachtoll Beach nie wiedersehen wollte, dann würde er schon einen Grund finden, mir zu kündigen.

»Alles bestens«, erwiderte ich mit leicht zittriger Stimme.

Scott sah dabei abermals von der Fahrerseite des Bentleys zu mir herüber. Und dem Ausdruck auf seinem Gesicht nach zu urteilen, glaubte er mir kein Wort.

»Wo muss ich jetzt entlang?«, fragte er, als wir an einer Weggabelung angekommen waren.

»Wir fahren erst mal zu Granny nach Hause. Um diese Zeit hilft sie nicht mehr im B&B. Sie wird daheim sein und alles für das große Fest morgen vorbereiten.«

Als der Fokus sich nun wieder auf Granny und ihren achtzigsten Geburtstag legte, beruhigte ich mich ein wenig. Es würde schon nicht so schlimm werden, wie ich soeben befürchtet hatte. Solange es mir gelang, Scott gegenüber nicht anzudeuten, wie sehr ich mich inzwischen von ihm angezogen fühlte, würde ich nach der Zeit in Schottland einfach wieder in mein Büro spazieren und dort weitermachen können, wo ich vor drei Tagen aufgehört hatte.

Bist du dir da ganz sicher?, fragte meine innere Stimme neunmalklug.

Sie kannte mich besser als irgendjemand sonst auf der Welt. Leider.

»Da vorne ist es schon. Das kleine graue windschiefe Cottage gehört meiner Granny.«

Schlagartig wurde ich mir der Tatsache bewusst, dass diese Reise vermutlich nicht ganz dem Standard entsprach, den Scott gewohnt war. Wer im Ritz dinierte, nächtigte vermutlich am liebsten in Fünf-Sterne-Hotels.

211

»Das sieht urgemütlich aus. Früher, als ich mit Grandpa zum Wandern in den Highlands war, haben wir auch immer in einem kleinen Cottage übernachtet, das ihm ein Freund zur Verfügung gestellt hat. Zwar habe ich die niedrigen Decken irgendwann verteufelt, als ich größer wurde, weil ich mir ständig den Kopf daran gestoßen habe, aber das Flair dieser alten Gemäuer ist unnachahmlich.«

Scott kam beim Erzählen seiner Erinnerungen regelrecht ins Schwärmen. Das beruhigte mich ungemein. Zumindest für den Moment. Schließlich würden wir hier noch zwei weitere Tage bleiben. Und in dieser Zeit konnte verdammt viel schiefgehen. Was letztlich wiederum dazu führen konnte, dass ich meinen Job verlor.

Grannys Wohnzimmer war hell erleuchtet, als wir den Wagen vor ihrem Haus abstellten. Das kleine Holztor stand offen. Ein schmaler Weg schlängelte sich von dort aus zum Cottage. Dieser war von beiden Seiten von bunten Blumen umrankt. Klatschmohn, Bartnelken und Flieder sowie Lavendel und Salbei sorgten nicht nur für eine wahre Farbenpracht für die Augen, sondern auch für einen sehr angenehmen Duft.

Sobald dieser meine Nasenspitze nur streifte, spürte ich wieder die Gewissheit, an meinem Happy Place angekommen zu sein. Es roch wie früher, fühlte sich an wie früher, sah aus wie früher. Und doch wusste ich ganz genau, dass nichts so war wie früher. Denn diesmal war Scott dabei. Das veränderte alles.

»Oh, wie schön! Donna, ihr seid schon da.«

Noch ehe ich meinen Gedankengang vertiefen konnte, kam Granny aus dem Haus geradewegs auf uns zugelaufen, nachdem Scott und ich gerade erst das kleine Holztor hinter uns gelassen hatten.

»Granny!«

So schnell mich meine Beine trugen, rannte ich zu meiner Großmutter. Es war mir ganz egal, was Scott davon halten würde. Meine Granny nach so langer Zeit wiederzusehen, war ein unbeschreibliches Gefühl. Sogleich verspürte ich wieder das schlechte Gewissen, wenn ich daran dachte, dass mein letzter Besuch schon wieder viel zu lange her war.

»Lass dich ansehen, mein Kind.«

Prüfend musterte Granny mich, nachdem wir uns innig umarmt hatten.

»Gut siehst du aus. Noch besser wird es ganz bestimmt erst nach ein paar Tagen hier bei uns am Clachtoll Beach. Und wen hast du mir denn da mitgebracht?«

Erst jetzt erinnerte ich mich wieder daran, dass ich diesmal mit Begleitung angereist war. Scott hatte ich bei Grannys herzlicher Umarmung ganz vergessen.

»Oh, entschuldige bitte. Das ist Scott. Er ist mein … Freund.«

Es fiel mir nicht ganz leicht, Granny diese Lüge aufzutischen. Auch wenn ich es vor allem tat, um ihr eine Freude zu machen. Das Leben war zu kurz, um sich immer strikt an die Wahrheit zu halten. Denn was, wenn aus einer Notlüge etwas erwachsen konnte, was man ansonsten achtlos am Wegrand hätte liegen lassen?

»Guten Abend, Mrs McAlee. Ich freue mich, Ihre Bekanntschaft zu machen. Vielen Dank, dass ich Ihren großen Tag mit Ihnen feiern darf. Das bedeutet mir wirklich sehr viel.«

Scott war mal wieder der formvollendete Gentleman. Mein ganz persönlicher Mr Darcy. Und auch in Grannys Augen konnte ich sehen, wie angetan sie von ihm war. Eine Woge der Erleichterung durchflutete mich und verbannte mein schlechtes Gewissen ins Off.

»Die Freude ist ganz meinerseits. Aber, Scott, mir wäre es lieber, wir würden uns duzen. Was hältst du davon? Als Donnas Freund gehörst du schließlich zur Familie.«

Sie lächelte ihn mit dieser Wärme im Blick an, die nur Großmütter haben können. Dabei zeichneten sich viele kleine Linien rund um ihre Augen und den Mund ab. Sie waren Zeugen eines langen glücklichen Lebens, in dem Granny viel gelacht und sich gefreut hatte. Jede einzelne dieser Falten war ein Ausdruck erfüllter und zufriedener Zeiten. Wenn ich alt wurde, wollte ich am liebsten genauso viele Falten haben wie Granny. Egal, was mir die Kosmetikindustrie vorgaukelte. Ich würde dazu stehen.

»Gerne«, erwiderte Scott und wirkte dabei, als hätte er einen Kloß im Hals.

Als ich zu ihm blickte, erkannte ich einen wässrigen Schimmer in seinen Augen. Sicher war ihm etwas hineingeflogen.

»Na, und wo bleiben deine Eltern?«, fragte Granny und blickte sich suchend um.

Ich zuckte mit den Achseln.

»Du kennst die beiden. Entweder mussten sie noch zigmal umkehren, weil Dad ein ganz wichtiges Buch vergessen hat, oder Mum wollte an jeder schönen Stelle auf der Reise einen kurzen Halt machen.«

»Dann werden sie nicht vor dem Morgengrauen ankommen«, befand Scott.

Und Granny stimmte ihm zu.

»Da bin ich ganz deiner Meinung, mein Junge. Aber kommt doch erst mal rein. Wo sind nur meine Manieren geblieben? Ihr seid sicher ganz ausgehungert. Ich habe bereits ein Scottish Ale Stew aufgesetzt.«

Schon im nächsten Augenblick war Granny auf dem Weg ins Haus. Scott und ich folgten ihr auf dem Fuße.

Bereits beim Betreten des Cottages roch es herrlich deftig nach Hausmannskost. Granny kochte mit so viel Leidenschaft, dass jedes ihrer Gerichte sofort das Gefühl von Geborgenheit und Heimat in mir weckte. Ich konnte nicht anders, als mich unbändig zu freuen, bei ihr zu sein und mit ihr an ihrem kleinen Küchentisch zu essen.

Erst als ich Scott neben mir bemerkte, streifte ich ihn mit einem sorgenvollen Blick. Das hier war nicht das Ritz. Es war nicht mal irgendein winziger Italiener in Covent Garden. Es war die bescheidene Küche meiner Granny, ohne jedweden Schnickschnack. Würde Scott sich hier wohlfühlen oder gleich wieder die Biege machen?

»Kann ich beim Tischdecken behilflich sein?«, fragte er zu meinem Erstaunen.

Damit hatte ich nicht gerechnet.

Als er mich dann auch noch freudestrahlend ansah und mir fast schon übermütig zuzwinkerte, war ich für den Moment beruhigt.

»Das ist sehr lieb, Scott. Schau mal, hier über der Spüle findest du die Teller. Gläser kann Donna aus der kleinen Vitrine nehmen. Ach, und das Besteck … Du weißt ja, wo es ist.«

Granny rührte in ihrem Topf herum. Bei dem unbeschreiblich würzigen Geruch lief mir das Wasser im Mund zusammen. Ich konnte mich gar nicht mehr daran erinnern, wann ich das letzte Mal so lecker bekocht worden war.

Um selbst zu kochen, fehlte mir meist die Zeit. Außerdem lohnte es sich in meinen Augen nicht, für einen einzelnen Menschen zu kochen. Meist ging ich essen oder bestellte mir etwas, wie es wohl eine Vielzahl von allein lebenden Menschen in London tat.

Spätestens aber, wenn ich dann in Grannys gemütlicher Wohnküche saß, wusste ich, was mir fehlte. Und auch wenn ich mir in diesem Moment fest vornahm, in meiner Wohnung wieder mehr selbst zu kochen, wusste ich doch, dass ich diesen Vorsatz nicht länger als eine Woche einhalten würde. Nicht, wenn ich allein blieb.

Wieder streifte mein Blick wie von ganz allein Scott, der die Teller soeben aus dem Schrank hob, um sie auf dem Tisch zu verteilen. Er wirkte weder genervt noch deplatziert. Auch wenn ich wusste, dass er aus einer ganz anderen Welt stammte und wir vermutlich nie einen gemeinsamen Nenner finden würden, schienen diese Tatsachen in Grannys Cottage keine Bedeutung zu haben. Das Einzige, was zählte, war das Hier und Jetzt.

»So, macht mal Platz, ihr beiden. Nicht, dass sich jemand an dem heißen Topf verbrennt.«

Und noch ehe Scott oder ich ihr zu Hilfe eilen konnten, trug sie den schweren, randvoll gefüllten Topf hinüber zum Tisch. Der Inhalt hätte eine ganze Kohorte verköstigen können. Unglaublich, wie viel Arbeit sich Granny gemacht hatte.

»Das duftet herrlich«, sagte Scott, als wir drei uns an den Tisch gesetzt hatten.

Freudestrahlend schöpfte sie ihm zuerst etwas von dem Stew in seinen Teller, ehe sie sich meinen nahm und ebenfalls etwas hineingab.

Ich hatte die Gläser, die ich holen sollte, in der Zwischenzeit mit Wasser gefüllt und fragte mich nun, ob ich Scott etwas anderes hätte anbieten sollen. Wahrscheinlich war er Besseres zum Abendessen gewohnt.

Er hat sich doch noch mit keinem Wort beschwert. Warum machst du dir dann die ganze Zeit diese abstrusen Gedanken?, fragte mich meine innere Stimme.

Das war gar nicht so leicht zu erklären. Wahrscheinlich versuchte ich mir auf diese Weise einzureden, dass wir nicht zusammenpassten, weil wir aus komplett verschiedenen gesellschaftlichen Schichten stammten.

Damit war es leichter, den Kuss, den er mir heute Morgen gegeben hatte, zu verdrängen. Denn egal was ich tat, ich durfte unter gar keinen Umständen mehr hineininterpretieren als unbedingt nötig. Scott hatte mir aus der unangenehmen Lage helfen wollen und mich geküsst, um mich vor Ruperts Erniedrigungen zu schützen. Mehr war das nicht gewesen. Auch wenn mein ganzer Körper sich allein bei der Erinnerung an den Moment vor Sehnsucht krümmte.

»Du bist so schweigsam, Donna. War die Reise sehr anstrengend?«, fragte Granny.

Ich schüttelte eilig den Kopf, weil ich nicht wollte, dass sie sich Sorgen um mich machte.

»Nein, die Reise war wunderbar. Wir sind sogar einer Schafherde begegnet, die uns am Weiterfahren gehindert hat. Scott hat so verwundert dreingesehen, dass ich mich vor Lachen nicht mehr halten konnte.«

»Die Schafe, die ich in London sehe, stecken in einem Kostüm und machen Werbung für irgendeine Fast-Food-Kette.«

Granny lachte über Scotts Erläuterung. Und er tat es ihr gleich.

»Die Schafe und Rinder und überhaupt alle Tiere hier in Schottland haben einen sehr starken eigenen Willen. Egal ob mit oder ohne Kostüm.«

Granny zwinkerte Scott vielsagend zu.

»Ja, davon bin ich überzeugt.«

»Aber erzählt mir doch mal, wie ihr euch kennengelernt habt. Deine Eltern haben mir bei ihrem letzten Besuch von vor zwei Wochen gar nichts von Scott erzählt. Ich war ein wenig … überrascht über deine Ankündigung, du würdest nicht allein kommen.«

Nun lag der Fokus eindeutig nicht mehr auf dem herrlichen Cottage meiner warmherzigen Granny oder ihrem fantastischen Essen. Jetzt ging es ans Eingemachte. Und mir graute mal wieder davor, Granny eine Lüge aufzutischen.

»Ich habe mich auf der Arbeit Hals über Kopf in Donna verliebt, weil sie nicht nur so hübsch, sondern auch unglaublich gebildet und ehrgeizig ist«, erklärte Scott, noch ehe ich mir die richtigen Worte zurechtsuchen konnte.

Er wirkte dabei ernst und gefasst. Seine Lippen umspannte zwar ein angedeutetes Lächeln, aber ich konnte ihm ansehen, wie wichtig es ihm war, dass Granny seinen Worten Glauben schenkte.

Und das tat sie ganz sicher. Sogar ich war versucht, ihm zu glauben, obwohl ich es doch besser wusste. Besser wissen sollte.

»Scott ist mein Chef«, erklärte ich Granny, um die Fronten gleich zu klären.

»Dann freut es mich gleich in doppelter Hinsicht, dass du so nett von ihr sprichst, Scott. Unsere Donna liebt Bücher, seit sie ihr erstes Bilderbuch angesehen hat. Es freut mich, dass sie ihre Liebe zum Beruf machen konnte. Und nun hat sie dort in dem Verlag in London augenscheinlich auch noch die Liebe ihres Lebens gefunden. Ich könnte mich nicht glücklicher schätzen. Das morgen wird der schönste Geburtstag meines Lebens.«

Granny sah zwischen Scott und mir hin und her, ehe sie ihre Hände auf die unseren legte. Der Kloß in meinem Hals, der sich in diesem Augenblick bildete, führte dazu, dass ich weder etwas sagen noch richtig atmen konnte. Ich hatte das Gefühl, jeden Moment zu ersticken.

Ein Geräusch auf der Auffahrt war zu hören.

»Das werden bestimmt deine Eltern sein, Donna.«

Erleichtert stellte ich fest, dass ich gegen den Kloß in meinem Hals anschlucken konnte, nun, da sich das Thema dankenswerterweise geändert hatte.

»Was für eine Fahrt. Dein Vater macht mich noch wahnsinnig, Donna. Ich kann wirklich für nichts mehr garantieren. Wenn das so weitergeht, lass ich mich scheiden.«

Mum kam laut schimpfend in Grannys kleines heimeliges Cottage gelaufen. Die Ruhe und der Frieden waren dahin. Aber Granny ließ sich davon nicht beeindrucken.

»Was ist denn passiert, meine Liebe? Hat Max es mit seinen Studien mal wieder übertrieben?«

Diese winkte ab.

Daraufhin bugsierte Granny Mum einfühlsam aus dem Türrahmen des Hauses in ihre Wohnküche und setzte sie auf die Bank, um ihr einen Tee zu kochen, der ihre Nerven beruhigen sollte. Dad kam mit einem Buch in der Hand zur Tür herein, begrüßte seine Mum beiläufig und setzte sich dann im Wohnzimmer auf die Couch, um seine Lektüre fortzusetzen.

Von dem Drama, das er mal wieder angerichtet hatte, schien er nichts mitbekommen zu haben.

Scott lächelte mich mitfühlend an.

»Wenigstens reden deine Eltern noch miteinander.«

»Manchmal wäre es mir lieber, sie würden es nicht tun«, erwiderte ich ehrlich.

Scott lachte.

»Ihr beiden wollt bestimmt rüber ins B&B und euch von der Reise erholen«, meinte Granny und zog dabei einen Schlüssel aus ihrer Schürze. »Cailan hat mir den Schlüssel für euer Zimmer bereits gegeben. Ihr könnt also einfach rübergehen und euch ausruhen. Wir sehen uns dann morgen früh zu einem großen gemeinsamen Frühstück hier bei mir.«

Dabei überreichte sie Scott den Schlüssel.

Den *einen* Schlüssel.

Darüber hatte ich gar nicht nachgedacht, dass wir im B&B vermutlich auch wieder nur ein Zimmer bekämen, da wir ja nach außen hin ein Paar darstellten. Auch wenn wir das gar nicht waren.

Mir schwirrte der Kopf.

»Wir sehen uns morgen früh, Granny. Wir kommen, um dir zu helfen. Schließlich ist es dein Ehrentag. Den sollst du gebührend feiern.«

Granny machte eine wegwerfende Handbewegung.

»Für mich ist es schon wundervoll, euch alle um mich zu haben. Lass mir ruhig die Freude, mich um euch zu kümmern. Auch wenn ich deinem Dad wohl mal wieder die Leviten lesen muss. Denn wenn er so weitermacht, dann wird Betty ihn ganz sicher noch verlassen. Und wer soll sich um ihn kümmern? Von der echten Welt da draußen hat er doch keine Ahnung.« Sie seufzte. »Was nicht weiter verwunderlich ist, wenn man bedenkt, dass er seine Nase immerzu zwischen zwei Buchdeckel steckt.«

Zunächst sah sie zu mir, anschließend zu Scott.

»Dann sehen wir uns morgen früh«, verabschiedete sich Scott mit dem Schlüssel in der Hand.

Als wir im Bentley saßen, hielt er ihn noch immer in der Hand, ehe er den Motor startete.

»Das wird mal wieder eine verdammt … intensive Nacht.«

Schlagartig musste ich daran denken, wie ich erst heute Morgen auf seiner Brust aufgewacht war.

»Sicher gibt es in dem Zimmer noch eine Couch. Zur Not kann ich auch auf dem Boden schlafen«, schlug ich vor.

Denn schließlich musste Scott diese Unannehmlichkeiten nur meinetwegen ertragen. Und außerdem wollte ich nicht Gefahr laufen, dass ich morgen früh wieder an seine Brust geschmiegt aufwachte. Dann würde ich es nicht mehr als Versehen abtun können, sondern als Gewohnheit.

Das Letzte, was ich wollte, war, Scotts Gegenwart für mich zur Gewohnheit werden zu lassen. Schließlich hatte er ein eigenes Leben, das mich nicht einschloss. Wir waren zwei Fremde, wussten sehr wenig übereinander. Und das, was wir wussten, führte noch lange nicht dazu, dass wir in irgendeiner Form miteinander verbunden wären.

So ein Quatsch! Du spürst doch auch die Anziehung zwischen euch beiden. Leugnen ist zwecklos, rüttelte mich meine innere Stimme wach.

»Wir finden bestimmt eine Lösung«, meinte Scott und lächelte mich vielsagend an.

Dabei sah er mir so fest in die Augen, dass ich es nicht wagte, meinen Blick von ihm abzuwenden. Denn ich mochte es, wenn er mir seine ganze Aufmerksamkeit schenkte und mir dabei das Gefühl gab, das einzig Wichtige auf diesem Planeten zu sein.

Nach einer Weile schüttelte ich den Kopf. Ich sollte es schließlich besser wissen. Nur weil ich beim Friseur war, ein paar schicke Kleider besaß und meine Brille gegen Kontaktlinsen eingetauscht hatte, hieß das nicht, dass Scott mir vollkommen erlegen war.

Er konnte jede Frau haben. Denn Scott war nicht nur vermögend, sondern zudem auch noch verdammt attraktiv. Es wunderte mich zunehmend, warum er nach wie vor nicht verheiratet war.

»Wir sollten jetzt zum B&B fahren. Die anderen Gäste werden bestimmt bald schlafen gehen. Ich möchte sie nicht stören«, behauptete ich und wagte es dabei jedoch nicht, Scott in die Augen zu sehen.

»Ist alles okay bei dir?«, fragte er prompt nach.

»Ja, ich bin nur müde. Das ist alles. Es war ein sehr langer Tag. Ich will unter die Dusche und mich hinlegen. Morgen an Grannys großem Tag will ich gerne für sie da sein. Wer weiß, wie viele Geburtstage uns noch bleiben, um sie gemeinsam zu feiern.«

»Sie ist rüstig und herzlich. Eine perfekte Mischung, wenn du so willst. Sie erinnert mich übrigens an meinen Grandpa. Die beiden würden sich sehr gut verstehen.«

Scott lachte nicht. Also meinte er es offenbar ernst, während er die Auffahrt rückwärts hinausfuhr, weil Dad seinen Wagen so abgestellt hatte, dass Scott nicht wenden konnte.

»Stell dir vor, meine Granny und dein Grandpa … Wäre das nicht verrückt?«

Ich lachte viel zu überspitzt und hörte mich ziemlich verunsichert an.

»Ich wüsste nicht, was daran verrückt sein sollte. Wenn die beiden sich mögen würden, wäre ich der Letzte, der ihrem Glück im Weg stünde.« Dann deutete er auf die Straße. »Rechts oder links?«, hakte er nach.

»Rechts«, erwiderte ich verzögert, weil ich zunächst über seine vorhergehenden Worte nachdenken musste.

Schon wenige Augenblicke später waren wir bei der kleinen Pension von Cailan und Lara angekommen. Mittlerweile war es leider so dunkel, dass man kaum etwas erkennen konnte. Aber morgen früh würde Scott den Clachtoll Beach sehen und das Meer hören können, sich augenblicklich in das Haus und die Umgebung verlieben und nie wieder von hier wegwollen.

Denn genau so ging es mir jedes Mal, wenn ich hier unterkam, weil Grannys Cottage zu klein für uns alle war. Zudem mochte ich Cailan und Lara ausgesprochen gerne. Sie waren nur ein paar Jahre älter als ich und führten das B&B, seit Cailans Mum vor ein paar Jahren gestorben war. Granny half ihnen in der Küche aus.

»Wir sind da«, verkündete ich bei unserer Ankunft.

Scott stellte den Motor ab, öffnete die Fahrertür und kam dann zu mir herumgelaufen, um mir die Beifahrertür zu öffnen.

Ich schmolz dahin, als er mir seine Hand reichte, um mir aus dem Wagen zu helfen.

Natürlich versuchte ich mir das möglichst nicht anmerken zu lassen. Schließlich sollte Scott nicht merken, wie sehr jede Faser meines Körpers auf ihn reagierte. Doch als mein Blick den seinen fand, täuschten auch die schlechten Lichtverhältnisse nicht darüber hinweg, dass ich ihm heillos verfallen war.

»Ich hole noch das Gepäck aus dem Kofferraum«, erklärte er nach einer halben Ewigkeit, in der wir uns gegenübergestanden hatten und er meine Hand gehalten hatte.

»Danke dir«, beeilte ich mich zu sagen und hoffte dabei inständig, dass Scott nicht hatte sehen können, wie mir abermals so heiß geworden war, dass man in diesem Moment vermutlich ein Spiegelei auf meinen Wangen hätte braten können.

Scott hatte mir den Schlüssel überreicht, um das Cottage zu öffnen. Doch erst liefen wir durch den mit duftenden Blumen umrankten Torbogen hindurch. Morgen früh würden wir uns an der ganzen Pracht des Gartens erfreuen können. Bis dahin konnte ich nur hoffen, dass wir eine ruhige gemeinsame Nacht verbringen würden.

Und die Hoffnung starb ja bekanntlich zuletzt.

Kapitel 24

Scott

»Ich will nur schnell unter die Dusche«, sagte Donna, kaum dass wir das kleine Zimmer, in dem wir übernachten würden, betreten hatten, und verschwand schon im nächsten Augenblick im angrenzenden Badezimmer.

»Natürlich«, erwiderte ich und stellte fest, dass auch in dieser Nacht nur eine Schlafstätte zur Verfügung stand.

Diesmal war sie jedoch so breit, dass jeder von uns problemlos darin übernachten konnte, ohne dem anderen auf die Pelle zu rücken.

Just in diesem Moment musste ich wieder daran denken, wie wir heute Morgen aufgewacht waren. Als ich Donnas Kopf auf meiner Brust gespürt hatte, hätte ich sie am liebsten ganz fest in meine Arme gezogen, ihren Duft nach Magnolie und Vergissmeinnicht in meine Lungen eingesogen und wäre nie wieder aus dem Bett aufgestanden.

Donna hatte keinen blassen Schimmer davon, wie sehr ich in jedem Moment, in dem sie nicht in meiner Nähe war, das Gefühl verspürte, mir würde etwas fehlen. Was vollkommen verrückt war. Schließlich kannte ich sie schon so lange, hatte tagelang mit ihr im selben Gebäude gearbeitet und nie auch nur ansatzweise ein solch starkes Gefühl für sie empfunden.

Vielmehr hatte ich mich darüber aufgeregt, wie oft sie in der Woche zu spät kam, anstatt sie zu sehen, wie sie wirklich war. Wie verblendet wir Menschen doch sein konnten. Wenn Mr Chang mir nicht die Pistole auf die Brust gesetzt hätte, dann hätte ich die Donna, die ich nun kannte, nie kennengelernt. Am Ende musste ich dem Mann auch noch dankbar sein.

Das Prasseln der Dusche war zu hören, während ich ein Fenster öffnete, um ein wenig frische Luft in den Raum zu lassen. Allein die Vorstellung, dass Donna nur wenige Meter von mir entfernt splitterfasernackt unter der Dusche stand, führte dazu, dass mir ganz heiß wurde.

Zudem schaltete sich meine Fantasie freudestrahlend mit ein und machte sich ausgiebig Gedanken darüber, wie Donna so völlig nackt wohl aussah. Dabei erwachte eine ganz bestimmte Region meines Körpers zum Leben. Das passierte so schlagartig, dass ich nichts dagegen unternehmen konnte.

»Ich bin fertig. Du kannst jetzt auch in die Dusche, wenn du möchtest.«

»Danke, ich …«, hob ich an, während ich versuchte, an etwas unglaublich Unattraktives zu denken.

Doch bei Donnas Anblick fiel mir das verdammt schwer. Schließlich hatte sie nur ein knappes Handtuch um ihren Körper geschlungen, das jeden Moment zu Boden fallen konnte.

Und wie auf einen Wink des Schicksals hin flog selbiges tatsächlich zu Boden, und Donna stand splitterfasernackt vor mir. Sosehr ich es auch versuchte, es brachte nichts mehr, mich ablenken zu wollen. Die Fakten sprachen für sich. Und die waren alles andere als unattraktiv.

»Warte, ich helfe dir«, rief ich und hechtete nach vorn, um Donna das Handtuch vom Boden aufzuheben.

Dummerweise bückte sie sich ebenfalls, sodass wir geradewegs mit unseren Köpfen zusammenstießen.

»Aua!«, rief Donna und rieb sich die Stirn.

»Das tut mir so leid«, sagte ich und überreichte ihr das Handtuch.

Wir erhoben uns beide wieder, während Donna eilig ihr Handtuch vor sich schlug und mich dabei unschlüssig ansah.

»Es tut mir leid, Donna.«

Verlegen kratzte ich mich am Hinterkopf, während ich den Blick gen Boden gerichtet hielt.

Das Denken fiel mir plötzlich unglaublich schwer. Um ehrlich zu sein, war es schier aussichtslos, jetzt, nachdem ich Donna nackt gesehen hatte. Denn dieser winzige Augenblick hatte nur dazu geführt, dass mir die Bilder in Endlosschleife vor meinem geistigen Auge abgespielt wurden. Immer und immer wieder.

»Ist schon okay. Ich bin selbst dran schuld. Ich denke … Ich sollte …«

Donna schien die Situation ebenso wie mich völlig aus der Bahn zu werfen.

Während ich noch vor wenigen Minuten davon ausgegangen war, dass wir ungerührt nebeneinander in einem Bett übernachten konnten, war ich nun der Ansicht, dass schon dieses Zimmer viel zu klein für uns beide war.

Ich spürte diese unbändige Anziehungskraft zwischen uns beiden und hatte keinen blassen Schimmer, wie lange ich mich dieser noch verwehren konnte. Mittlerweile war es nämlich mein ganzer Körper, der auf Donna reagierte.

Ich wollte sie spüren, sie riechen, sie schmecken und von ihr kosten – am liebsten alles auf einmal. Schon sah ich sie, wie sie in meinen Armen lag, wir uns küssten und unsere Körper fest ineinander verschlungen zu einem wurden.

»Ich muss gehen«, sagte ich eilig und machte mich auf den Weg zur Tür.

»Geh nicht!«, rief Donna und griff nach meinem Arm.

»Tu das nicht, Donna! Wenn du mich hier zurückhältst, dann kann ich für nichts mehr garantieren.«

Mein Herz wummerte stetig lauter in meinem Brustkorb. Meine Gedanken fuhren Achterbahn und kamen doch nur zu dem einen Ergebnis: dass ich dringend von hier verschwinden musste. Denn wenn ich bliebe, würde das alles verändern.

»Bitte bleib bei mir.«

Ihre Stimme klang flehentlich, während sie noch immer meinen Arm festhielt und keine Anstalten machte, von mir abzulassen.

»Bist du dir sicher?«, fragte ich verunsichert, während ich abermals in Richtung der Tür blickte.

Zur Antwort löste Donna ihre Hand von meinem Arm und legte stattdessen beide auf meine Wangen. Fest sah sie mir in die Augen, ehe sich ihre Lippen auf meinen Mund zubewegten.

Ich sah, was sich da anbahnte, konnte es aber nicht glauben.

Als ihre Lippen die meinen berührten, war ein dumpfer Laut zu hören. Donnas Handtuch hatte ihr mal wieder den Dienst versagt. Doch ich konnte nicht behaupten, dass ich das bedauerte. Ganz im Gegenteil.

»Donna, ich …«, hob ich an, nachdem unser Kuss so leidenschaftlich wurde, dass jede Faser meines Körpers sich danach sehnte, Donna zu berühren, ihr noch näher zu kommen und sie mit all meinen Sinnen zu erleben.

Donna legte mir ihren Zeigefinger auf die Lippen und signalisierte mir, dass es nun nicht mehr angebracht war, etwas auszudiskutieren. Es galt, den Moment zu genießen. Und genau das taten wir dann auch.

In Windeseile schälte ich mich aus meinen Klamotten. Schuhe flogen durch den Raum, gefolgt von Socken und meiner Hose. Das Hemd öffnete mir Donna und lächelte mich dabei verführerisch an, während ich sie in den Arm nahm und vorsichtig mit meinen Händen ihren Rücken entlangfuhr.

Noch war mir die ganze Sache nicht geheuer. Vielleicht sollte ich doch lieber die Reißleine ziehen und dem Ganzen ein Ende machen, bevor wir es morgen bereuen würden.

Allein die Vorstellung, Donna könnte sich nach dieser Nacht von mir abwenden, war schmerzvoll. Doch zugleich wollte ich das hier so sehr, dass ich nicht mehr klar denken konnte.

Nachdem Donna mir das Hemd aufgeknöpft und ausgezogen hatte, fuhr sie mit ihren zarten Händen vorsichtig über meine Brust und zeichnete dann mit ihren Fingern mein Sixpack nach.

Ihr Blick verfing sich in meinen. Schon küssten wir uns wieder und gelangten dabei irgendwie zum Bett.

Die anfängliche Scheu hatte sich inzwischen auf beiden Seiten gelegt. So gingen unsere Hände auf unseren Körpern auf Wanderschaft und erkundeten neue Gebiete, während wir uns weiter so hemmungslos küssten, wie ich es nie erwartet hätte.

Als wir schwer atmend voneinander abließen, strich Donna sich das verstrubbelte Haar aus dem Gesicht.

»Bist du sicher, dass wir …«, hob ich abermals an.

Doch Donna legte mir abermals ihren Zeigefinger auf den Mund.

Das war der Startschuss zu einer Nacht, die ich nie wieder vergessen würde.

.

Kapitel 25

Donna

Am nächsten Morgen wurde ich von zwitschernden Vögeln im Garten und Schritten auf dem Gang geweckt. Die Sonne kitzelte mich an der Nasenspitze, während ich meine Lider hob und mich prüfend im Zimmer umsah.

Das hier war weder das Schlafzimmer in meiner Wohnung noch mein Kinderzimmer in meinem Elternhaus. Nach und nach kam die Erinnerung wieder. Die Fahrt mit Scott, die Schafe auf der Straße, Granny mit ihrem Scottish Ale Stew und …

Erst jetzt fiel mir auf, dass ich splitterfasernackt war. Ein Fakt, der mich irritierte, da ich zum Schlafen für gewöhnlich immer etwas anhatte. Doch als ich bemerkte, dass Scott neben mir augenscheinlich keinerlei Kleider trug, brach die Welle der Erinnerung an die vergangene Nacht wie ein Tsunami über mich herein.

Es war passiert. Etwas, wovon ich nie im Leben auch nur erwartet hätte, dass es je geschehen würde, war eingetroffen: Ich hatte mit meinem Chef geschlafen. Am Clachtoll Beach. Im B&B von Cailan und Lara.

Verdammt! Wie hatte das nur passieren können?

Meine Gedanken überschlugen sich und fuhren kreisend durch meinen Kopf. Was sollte ich jetzt nur tun? Aufstehen, meine Sachen packen und verschwinden? Aber so einfach war das nicht. Granny feierte heute ihren Geburtstag. Sie erwartete, dass ich mit Scott bei ihr auftauchte.

Aber würde der nun überhaupt noch bei der ganzen Scharade mitspielen? Oder hatte er womöglich auch das dringende Bedürfnis, sich zurückzuziehen und über alles in Ruhe nachzudenken?

Das schnelle Schlagen meines Herzens war wie ein Rauschen in meinen Ohren zu hören, während ich mit mir rang und fieberhaft überlegte, was nun zu tun wäre.

Dabei regte sich Scott neben mir. Offenbar war er im Begriff aufzuwachen. Allein der Gedanke daran, ihm jeden Augenblick in die Augen zu blicken, ließ mir das Blut in den Adern gefrieren.

Was, wenn er mir unmittelbar sagen würde, dass das ein verdammt blöder Fehler war, den wir letzte Nacht begangen hatten? Schließlich war ich seine Angestellte. Wir konnten nicht mal eben miteinander in die Kiste springen und am nächsten Tag so tun, als wäre nichts passiert. Wie hatte ich mich nur so von meinen Gefühlen leiten lassen können? Ich war doch sonst nicht für einen One-Night-Stand zu haben. Denn mehr als diesen One-Night-Stand würde es für Scott und mich nicht geben.

»Guten Morgen«, meldete sich Scott aus dem Land der Träumenden zurück.

Und ich bereute es in diesem Moment zutiefst, die Gunst der Stunde nicht genutzt und fluchtartig den Raum verlassen zu haben.

Was sagte man sich am Tag danach, wenn man miteinander geschlafen hatte und sich nicht in einer Beziehung befand? Vor allem, wenn man auch noch mit seinem Boss im Bett lag und wusste, dass das gestern Nacht der schlimmste Fehler seines Lebens war.

»Guten Morgen«, erwiderte ich im Flüsterton.

Scott schlug seine Augen auf und sah mich mit einem glücklichen Lächeln auf den Lippen an, das ich nicht erwidern konnte. Zu sehr setzten mir die Ereignisse und die Konsequenzen der vergangenen Nacht zu. Allein die Vorstellung, deshalb womöglich meinen Job zu verlieren, brachte mich schier um den Verstand.

Schließlich war meine Arbeit alles, was mich in den letzten Jahren ausgemacht hatte. Auch wenn ich mich nicht selbst loben wollte, war ich eine verdammt gute Lektorin. Ich beherrschte mein Handwerk, kam gut mit meinen zu betreuenden Autoren zurecht und hatte immer ein offenes Ohr für ihre Belange.

Mein Job war meine Erfüllung. Ich liebte ihn. Und nun hatte ich alles auf eine Karte gesetzt und ihn verspielt. Wie hatte ich nur so schrecklich dumm sein können?

»Du weinst ja«, stellte Scott mit gefurchter Stirn fest, ehe er Anstalten machte, die Tränen mit seiner Hand von meiner Wange wischen zu wollen.

Schnell wich ich vor der Berührung zurück, da ich wusste, dass ich schon viel zu weit gegangen war. Und wenn ich Scotts Finger noch einmal auf mir spüren würde, wäre das alles hier noch schlimmer als ohnehin schon.

»Ich verstehe«, erklärte Scott und das glückliche Lächeln war augenblicklich verschwunden.

Nach und nach verhärteten sich seine Gesichtszüge, ehe er aufstand und ins Bad ging, ohne mich auch nur noch eines Blickes zu würdigen.

Der Blick, den er mir zuvor zugeworfen hatte, brach mir das Herz. Aber er musste doch einsehen, dass ich bei alldem viel mehr zu verlieren hatte als er.

»Na, ihr Turteltauben! Ihr seht müde aus. Wie war die Nacht?«, begrüßte uns Granny an ihrem Cottage.

Nach dem eher katastrophalen Start in den Tag war ich davon ausgegangen, dass Scott seine Sachen packen und schnellstmöglich von hier verschwinden würde. Doch er war geblieben. Was ich ihm hoch anrechnete.

»Die frische Meeresluft hat uns umgehauen«, behauptete Scott. »Aber zunächst einmal alles, alles Liebe und Gute zu deinem achtzigsten Geburtstag, liebe Leonore. Ich wünsche dir einen traumhaft schönen Tag mit ganz viel Freude und in bester Gesellschaft.«

Granny strahlte bei Scotts einfühlsamen Worten übers ganze Gesicht und nahm ihn in ihre Arme.

Bei dem Anblick der beiden hatte ich das Gefühl, mein Herz würde jeden Augenblick brechen. Was hatte ich bloß getan? Wie hatte ich Granny nur vorgaukeln können, dass Scott und ich ein Liebespaar wären? Was hatte mich dazu verleitet, ausgerechnet meinen Boss zu fragen, mich nach Schottland zu begleiten?

Na ja, die Auswahl war eher … gering, um nicht zu sagen: nicht existent, entgegnete meine innere Stimme und zog mich dabei unvermittelt auf den harten Boden der Tatsachen.

»Alles, alles Gute zum Geburtstag, Granny«, sagte ich, als ich an der Reihe war.

Sie nahm auch mich ganz fest in ihre Arme.

»Das ist so ein schöner Tag, besonders, weil ihr alle hier seid. Sogar die Sonne soll laut Wetterbericht den ganzen Tag über scheinen. Wir gehen am besten gleich mal in den Garten, um dort gemütlich mit dem traumhaften Blick auf den Clachtoll Beach zu frühstücken. Deine Eltern sind bereits hinten.«

Etwas an der Art und Weise, wie Granny ihren letzten Satz betonte, verdeutlichte mir, dass die beiden es nicht mal an Grannys Ehrentag geschafft hatten, sich nicht zu streiten.

Und ich konnte mir auch gut vorstellen, was der Anlass dazu war.

Granny ging voraus, und Scott und ich blieben wie angewurzelt an Ort und Stelle stehen.

»Wir sollten ihr folgen«, schlug er nach einer Weile vor, während ich noch nach den richtigen Worten suchte.

»Es tut mir leid«, kam es mir schließlich über die Lippen.

Und dabei wusste ich nicht mal so genau, was mir leidtat. Tat es mir leid, dass ich in der vergangenen Nacht all meine Bedenken über Bord geworfen und sie mit Scott verbracht hatte? Oder tat es mir leid, dass wir nicht dort weitermachen konnten, wo wir gestern aufgehört hatten?

»Das muss es nicht.«

Scotts Worte klangen so kalt und distanziert, als hätten die letzten Tage zwischen uns nie stattgefunden.

Die Vorstellung traf mich mitten ins Herz. Denn die letzten Tage mit ihm hatten mir gezeigt, dass ich meinen Chef vollkommen falsch eingeschätzt hatte. Er war gütig und zuvorkommend, hilfsbereit, gut erzogen und ein unglaublich guter Liebhaber, dem die eigenen Bedürfnisse nicht über die der Frau gingen.

Es war lange her, dass ich mich in den Armen eines Mannes so geliebt und verstanden gefühlt hatte. Das Gefühl der Geborgenheit, das ich heute Nacht vor dem Einschlafen verspürt hatte, war unbeschreiblich gewesen. Nur leider war er nicht irgendein Mann, sondern mein Boss.

Noch ehe ich etwas erwidern konnte, ging Scott Granny hinterher.

Ich wollte den beiden folgen, als mein Handy klingelte.

Sarah.

Erst als ich ihren Namen auf dem Display stehen sah, wurde ich mir der Tatsache bewusst, dass ich ganz vergessen hatte, mich bei ihr zu melden. So sehr war ich in meiner Blase gefangen gewesen. Und nun war sie zerplatzt.

»Guten Morgen, Donna. Wie geht es dir? Ich habe mir Sorgen um dich gemacht.«

Sarah klang ehrlich beunruhigt.

»Entschuldige bitte, dass ich mich nicht gemeldet habe. Ich bin jetzt bei meiner Granny. Sie hat heute Geburtstag.«

Das schlechte Gewissen nagte hörbar an mir.

»Oh, dann wünsch ihr doch von mir einen wundervollen Tag und alles Liebe. Ach, und was ich dir noch erzählen wollte, bevor ich dich in Ruhe mit ihr feiern lasse: Mr Fernsby ist seit Tagen nicht im Büro aufgetaucht.«

»N-nicht?«, stammelte ich, während mir gleichzeitig tausend Gedanken durch den Kopf schossen.

Hatte Scott am Ende jemandem von unserem Arrangement erzählt? Wusste jemand, dass er mit mir nach Schottland zu meiner Granny gereist war? Und wenn ja, würde derjenige es ausplaudern?

Dieser Gedankengang brachte mich fast um den Verstand. Denn auch wenn ich mich in Zukunft von Scott distanzieren würde, konnte es immer noch sein, dass jemand über alles Bescheid wusste und mir im entscheidenden Augenblick ein Messer in den Rücken rammte. Ich hatte auch schon eine sehr konkrete Vorstellung davon, wer das sein würde.

»Margot meinte, er befände sich auf einer Geschäftsreise in Schottland.«

»Was für ein Zufall.« Ich lachte hysterisch auf.

Spätestens jetzt wusste Sarah sowieso Bescheid.

»Und du bist sicher, dass alles okay bei dir ist?«, fragte sie mit unüberhörbarer Skepsis in der Stimme.

»Donna, kommst du? Deine Eltern und deine Großmutter warten.«

Wie aus dem Nichts tauchte plötzlich Scott auf dem schmalen Weg zwischen Cottage und Garten auf.

»War das nicht eben Mr Fernsbys Stimme?«

Sarah schien in hellem Aufruhr.

»Ich muss jetzt leider Schluss machen«, sagte ich und beendete das Gespräch abrupt.

Die reinste Übersprunghandlung. Aber was hätte ich in diesem Moment auch sagen sollen? Dass Scott zufällig auch bei Grannys Geburtstag war? Dass er plötzlich vor mir auftauchte war und ich keinen blassen Schimmer hatte, wie es dazu hatte kommen können? Oder die Wahrheit?

»Scheiße. Scheiße. Scheiße«, rief ich eine Spur zu laut aus, während ich das Handy zurück in meine Tasche stopfte.

»Was ist passiert?«, fragte Scott, der augenblicklich vor mir stand und mich mit besorgter Miene ansah.

»Sarah. Aus dem Verlag. Sie hat deine Stimme erkannt«, erwiderte ich, einer Panikattacke nahe.

Nun war alles vorbei. Scott würde mich jeden Moment feuern. Und ich konnte mich nicht mal beschweren. Schließlich war ich selbst schuld an diesem ganzen Schlamassel. Ich hätte Scott nicht zu dieser Reise überreden sollen. Und vor allem hätte ich nie und nimmer mit ihm schlafen dürfen. Das war mit Abstand der schlimmste Fehler, den ich je begangen hatte.

»Ich verstehe.«

Mehr sagte Scott nicht, blieb reserviert und kühl. Seine eben noch besorgten Gesichtszüge hatten sich verhärtet. Verschwunden war der warmherzige Ausdruck in seinen Augen.

»Wir sollten in den Garten gehen. Deine Granny feiert heute ihren Geburtstag. Morgen werden wir zurück nach London fahren und dieses Kapitel wird beendet sein. Aber heute sollten wir der alten Dame einen unvergesslichen Geburtstag bescheren. Findest du nicht auch?«

Scott klang diplomatisch, beherrscht und für mein Dafürhalten viel zu abgeklärt. Aber was hatte ich erwartet? Schließlich war er ein Leben lang darauf vorbereitet worden, mit genau solchen Stresssituationen umzugehen.

Während er buchstäblich wusste, was er zu sagen und zu machen hatte, setzte mein Herz einen Schlag aus. Ich wusste nicht mehr, was richtig und was falsch war.

Zwar gab ich Scott recht, dass Granny nicht unter der Situation zwischen uns leiden sollte. Sie konnte schließlich nichts dafür. Aber war ich im Umkehrschluss auch in der Lage dazu, ein Pokerface aufzusetzen und einfach weiterzumachen wie bisher? Nach allem, was vorgefallen war?

»Du hast recht«, sagte ich letztlich und fügte mich in mein Schicksal.

Auch wenn ich am liebsten so schnell wie möglich von hier weggelaufen wäre.

Kapitel 26

Scott

»Möchtest du noch ein Stück Kuchen, Scott?«

Nach einem Stück Queen Mary Cake und der Blaubeertorte, die Donna bereits gestern erwartet hatte, war nun ein Stück von der Shortbread-Buttercreme-Torte dran. Schließlich hatte ich Leonore gegenüber damit geprahlt, von jedem Kuchen und jeder Torte ein Stück probieren zu wollen.

Zu dumm nur, dass mein Magen so gar nicht wollte, was ich versprochen hatte. Am liebsten hätte dieser das Essen für die nächsten Tage ganz und gar eingestellt.

Heute Morgen war ich noch mit dem Gefühl aufgewacht, dem Himmel nie näher gewesen zu sein, nur, um wenige Sekunden später festzustellen, dass ich mich am Abgrund der Hölle befand.

Donna, der Frau, in die ich mich verliebt und die ich seit langer Zeit als eine der wenigen Menschen in mein Herz gelassen hatte, war anzusehen gewesen, dass sie ihre Entscheidung der letzten Nacht bereute. Wenn es nach dem Ausdruck in ihren Augen gegangen wäre, dann hätte sie am liebsten alles ungeschehen gemacht.

Allein diese Erkenntnis hatte mich heute Morgen mit der Wucht eines Vorschlaghammers getroffen. Und auch wenn ich am liebsten meine Sachen gepackt hätte und nach London zurückgekehrt wäre, wusste ich doch, dass ich ihrer Großmutter das nicht antun konnte.

»Ja, sehr gerne«, erwiderte ich also lächelnd, anstatt von hier zu verschwinden.

»Max, das ist der achtzigste Geburtstag deiner Mum. Wenn du dieses verdammte Buch nicht endlich weglegst, dann lass ich mich augenblicklich von dir scheiden. Hörst du mich?«

»Sicher, sicher. Nur noch diese eine Seite …«

»Argh!«, rief Betty und wandte sich die Haare raufend von ihrem Mann ab.

Die beiden waren nicht immer ein Herz und eine Seele. Doch sie gehörten zusammen, liebten sich auf ihre Weise. Das war mir in den letzten drei Tagen bewusst geworden. Und ich beneidete sie darum.

»Die Torte ist ein Gedicht. Ich glaube, ich habe nie eine bessere gegessen.«

Das war nicht mal gelogen. Sie schmeckte wirklich gut, war nicht zu schwer und nicht zu sahnig. Eine leichte Säure war darin. Vielleicht Zitrone.

»Das freut mich, mein Junge«, erwiderte sie lächelnd, ehe sie sich zu Donna hinwandte.

»Möchtest du auch noch etwas essen, mein Kind?«

Donna lehnte ab.

»Ich bin pappsatt, Granny. Tut mir leid. Aber es war wie immer ausgesprochen lecker. Danke dir, dass wir diesen wundervollen Tag mit dir feiern dürfen.«

Und tatsächlich hätte es ein wirklich toller Tag direkt am Meer werden können. Das schottische laue Lüftchen, das wehte, schadete dem strahlend sonnigen Tag nicht im Geringsten. Ganz im Gegenteil. Er war nahezu perfekt.

Nur der Rest stimmte nicht. Es stimmte nicht, dass ich Leonores Geburtstag mit ihr feierte, während ihre Enkelin mich eiskalt abserviert hatte. Aber vielleicht war sie ohnehin nur von einem One-Night-Stand ausgegangen, und ich hatte die Zeichen falsch gedeutet.

Alles war möglich. Und auch wieder nicht. Denn ich wusste nun, dass es keine Fortsetzung geben würde.

»Du bringst mich noch um den letzten Nerv, den ich habe«, jammerte Betty, woraufhin Leonore sich den beiden Streithähnen zuwandte.

»Ich werde heute Abend nach London zurückkehren. Es gibt … ein Problem im Verlag.«

Probleme im Verlag gab es immer. Doch das war nicht der wirkliche Grund, weshalb ich es vorzog, nachts durchzufahren, anstatt eine weitere Nacht gemeinsam mit Donna in einem Zimmer übernachten zu müssen.

»Das … ist bedauerlich. Aber natürlich verstehe ich es.«

Donna klang gefasst. Dennoch hörte ich eine gewisse Enttäuschung aus ihrer Stimme heraus.

Aber auch wenn ich zugesagt hatte, ihr diesen Gefallen zu tun und mit ihr hierher zu ihrer Granny nach Schottland zu reisen, war ich auch nur ein Mensch. Ich konnte nicht weiter so tun, als würde es mir nichts ausmachen, dass Donna mich heute Morgen abgewiesen hatte. Es hatte mir das Herz gebrochen. Auch wenn ich mir lieber die Zunge abgebissen hätte, als es ihr gegenüber zu erwähnen.

»Wenn du mit mir nach London fahren möchtest ...«, bot ich an.

»Nein, nein, ich werde morgen mit Mum und Dad zurück nach Oxfordshire fahren. Die beiden benötigen dringend jemanden, der auf sie aufpasst.«

Sie versuchte sich in einem Lächeln, das ihre Augen nicht erreichte.

»Ich verstehe.«

Noch während wir miteinander sprachen, trafen weitere Gratulanten, Freunde und Familienmitglieder in dem kleinen Landhausgarten ein, der mindestens so üppig bewachsen und gepflegt war wie der des B&B, in dem wir die Nacht über verbracht hatten.

»Cailan, Lara, wie schön, dass ihr gekommen seid«, begrüßte Leonore die beiden Eigentümer des B&B und nahm sie fest in ihre Arme.

Sie wirkten sehr verliebt ineinander, hielten Händchen und schauten sich immer wieder verträumt an. Die Wölbung unter Laras Sommerkleid bewies, dass die beiden ein Baby erwarteten. Ihr Glück war perfekt.

Resigniert wandte ich mich ab und blickte hinaus aufs Meer. Die Wellen glitten sanft an den Strand. Ein paar Kinder spielten im Sand und bauten Burgen. Eine Picknickdecke war zu sehen, auf der sicher die Eltern der Kinder saßen und sich einen gemütlichen Samstag machten.

Eine gewisse Wehmut ergriff mich, als ich diese mir unbekannten Menschen dabei beobachtete, wie sie das Leben führten, das ich selbst gerne hätte. Die Harmonie, die Geborgenheit, das Gefühl der Verbundenheit konnte ich auch auf die Entfernung hin gut ausmachen.

Ebenso wie hier in Leonores Garten. Alle genossen es, sich nach langer Zeit in den Armen zu halten, sich zu unterhalten, Zeit miteinander zu verbringen. Nur ich fühlte mich wie ein Störpartikel, der nicht hierhergehörte.

Das war weder meine Familie noch würde ich je ein Teil davon werden. Die Erkenntnis, wie sehr ich mir das gewünscht hätte, traf mich unvorbereitet. Bisher hatte ich mir das nicht bewusst gemacht. Umso schlimmer fühlte es sich nun an, da ich erkannte, dass diese Chance vertan war.

Dabei konnte ich mir keinen Reim darauf machen, warum heute Morgen alles plötzlich anders gewesen war. Vermutlich hatte Donna es bereut, die Nacht mit mir verbracht zu haben. Vielleicht war sie zu der Überzeugung gelangt, die falsche Entscheidung getroffen zu haben. Gut möglich, dass ihr bewusst geworden war, dass sie nichts für mich empfand – oder zumindest nicht genug, um dort weiterzumachen, wo wir gestern aufgehört hatten.

Das Gefühl, nicht genug zu sein, traf mich unvorbereitet und katapultierte mich schlagartig zurück in meine Kindheit. Meine Eltern hatten mir stets ganz offen gesagt, dass ich nicht der Sohn war, den sie sich gewünscht hätten. Meine Mutter hätte ohnehin viel lieber ein Mädchen gehabt.

Die Minuten und Stunden zogen an mir vorüber. Ich lächelte, wenn es angebracht war, bot meine Hilfe an, wenn ich es für richtig erachtete, und hielt mich ansonsten dezent im Hintergrund, während Donna mit alten Freunden und Verwandten sprach, sich um ihre streitenden Eltern kümmerte und ihrer Granny zur Hand ging.

Als der Abend angebrochen war, erklärte ich, leider aufgrund eines Problems schon jetzt nach London zurückkehren zu müssen. Mr Chang hatte sich gemeldet und wollte mir seine Entscheidung persönlich unter vier Augen mitteilen. Donna, die ich bereits am Vormittag darüber in Kenntnis gesetzt hatte, sah mich an, als hätte ich ihr einen Dolchstoß verpasst.

Aber was hatte sie denn erwartet? Dass ich weiterhin glücklich strahlend neben ihr stehen und mir das hier noch länger antun würde? Das konnte sie nicht von mir verlangen. Nicht, nachdem ich heute bereits mehrfach über meinen eigenen Schatten gesprungen war.

Granny packte mir für die Reise nach Hause unzählige Sandwiches und Getränke ein. Mit dem Proviant hätte ich weiter bis nach Südfrankreich fahren können. Für den Bruchteil einer Sekunde spielte ich ernsthaft mit dem Gedanken, mich abzusetzen und alles und jeden hinter mir zu lassen.

Doch ich wusste, dass das nicht ging. Ich hatte eine Verantwortung meiner Familie gegenüber. Und ich würde Grandpa nicht enttäuschen, nur weil mein Herz sich an eine Frau gebunden hatte, die nichts mehr von mir wissen wollte.

Ich musste jetzt einen kühlen Kopf bewahren und mich den Herausforderungen meiner Zukunft und der unseres Verlagshauses stellen. Vor allem aber musste ich ganz dringend von hier verschwinden. Denn keine Sekunde länger würde ich Donnas Blick auf mir ertragen. Nicht, nachdem ich ihr bereits viel nähergekommen war und es nun nie wieder dazu kommen würde.

Kapitel 27

Donna

»Dich belastet doch etwas, mein Kind. Komm schon, deiner alten Granny kannst du es erzählen.«

Nachdem die Gäste gegangen waren, half ich Granny dabei, den Garten aufzuräumen und alles ins Haus zu bringen. Mein Dad war mit einem Buch irgendwohin verschwunden, und Mum hatte sich schon vor einer Stunde mit Migräne hingelegt.

Zwar hatte sie uns gebeten, sie aufzuwecken, wenn die Gäste gegangen waren, damit sie uns bei den Aufräumarbeiten helfen konnte, aber Granny befand, dass sie sich besser ausruhen und Kraft tanken sollte.

Das Leben mit ihrem Sohn war nicht sonderlich einfach für meine Mum. Das wusste Granny. Sie hatte mir selbst einmal gesagt, wie sehr sie es bedauerte, dass Dad seine Bücher über alles stellte. Aber das war nicht ihre Schuld. Und auch nicht die meines Dads.

Viele Menschen hatten eine Passion, etwas, was ihnen am Herzen lag und wofür sie alles geben würden. Manch ein Sportler verausgabte sich, bis er kaum noch auf den Beinen stehen konnte. Ein anderer kochte für sein Leben gern, während Dad eben den Büchern verfallen war. Sie waren ein Teil von ihm, ohne den er nicht leben konnte.

Seit Scott vor zwei Stunden aufgebrochen war, wusste ich nicht, ob ich ohne ihn leben konnte. Die Vorstellung, dass wir uns womöglich nie wiedersahen, fühlte sich an, als läge mein Herz fest eingedreht in einem Schraubstock.

»Mir geht es gut, Granny. Mach dir keine Sorgen um mich. Es war in letzter Zeit nur alles ein bisschen … viel. Aber hier am Clachtoll Beach konnte ich viel Kraft für die kommenden Wochen und Monate tanken. Hier ist mein ganz persönlicher Happy Place, mein Home far away from Home.«

Granny lächelte mich an, stellte jedoch den Topf mit Kartoffeln, die es heute Abend zum Grillfleisch und -fisch gab, das Scott für alle gegrillt hatte, zurück auf den Tisch und bat mich, neben ihr Platz zu nehmen.

»Scott und du … Habt ihr euch gestritten?«, hakte sie vorsichtig nach.

Und schon kullerten bei mir die ersten Tränen.

»Ich werde ihn nie wiedersehen, Granny. Es ist aus und vorbei. Und meinen Job im Verlag kann ich jetzt auch vergessen.«

All die Gefühle, die ich in den vergangenen Stunden so sorgsam zu verstecken versucht hatte, überkamen mich plötzlich auf einmal. Ich weinte so sehr, dass mir Granny ein Taschentuch reichte und mich kommentarlos in den Arm nahm.

Als ich mich ein wenig beruhigt hatte, strich sie mir die Tränen von den Wangen und sah mich lange an.

»Meinst du denn nicht, dass es noch eine Chance für euch beide gibt?«

Sie wirkte ruhig und besonnen wie immer. Granny hatte sicher schon einiges in ihrem Leben gesehen. Und Liebeskummer zählte vermutlich auch dazu.

Nur diesen Liebeskummer, den ich nun wegen Scott auszustehen hatte, hatte ich mir selbst zuzuschreiben. Ich war einzig und allein schuld daran, dass es überhaupt so weit gekommen war, da ich nicht nur mein Herz, sondern auch gleich meine Existenz in die Waagschale geworfen hatte.

»Ich denke nicht, Granny. Nein. Scott und ich … Wir sind so verschieden. Er braucht eine Frau, die ihm ebenbürtig ist und einen Verlag leiten kann. Sie muss ihm eine Stütze sein und ihm helfen können.«

Granny legte ihren Kopf leicht schief.

»Ich könnte mir niemand Besseren an seiner Seite vorstellen als dich, Donna. Hat er denn gesagt, dass du nicht die Richtige für ihn bist?«, hakte sie nach.

»Nein, ich habe die Entscheidung für ihn getroffen.«

Granny schüttelte den Kopf.

»Und es war die falsche, mein Kind.«

»Aber du weißt ja nicht …«, hob ich an, um alles zu erklären.

»Ich weiß, dass gestern zwei Menschen bei mir ankamen, die sich sehr mochten und dennoch kein Liebespaar waren. Und ich weiß auch, dass heute Morgen ein Liebespaar vor mir stand, dessen Kummer nicht größer hätte sein können.«

»Aber Granny … Ich …«, stammelte ich, unfähig, meine Gefühle und Gedanken in Worte zu fassen.

»Du brauchst mir nichts zu erklären, Donna. Ich habe Augen im Kopf, mit denen ich schon viel gesehen habe. Aber wenn du Scott aus welcher Furcht heraus auch immer aufgeben solltest, dann wäre das der größte Fehler deines Lebens.«

Grannys Worte waren so eindringlich, dass ich es nicht wagte, ihr zu widersprechen. Gleichzeitig wusste ich, dass sie recht hatte. Scott war der Mann, für den ich in den Kampf hätte ziehen und Drachen töten sollen, anstatt mich zurückzuziehen und ihn einfach gehen zu lassen.

Doch meine Angst davor, was nun passieren würde, da ich mich aus meiner sicheren Komfortzone herausgewagt hatte, war größer gewesen und hatte mich Stück für Stück gelähmt.

Erst jetzt, da Granny mir den Kopf wusch, wusste ich, dass ich einen schrecklichen Fehler begangen hatte. Und der bestand nicht darin, dass ich eine Nacht mit Scott verbracht hatte, sondern vielmehr war es mein Verhalten, das ich ihm gegenüber am heutigen Tag gezeigt hatte.

»Er wird mich nicht mehr wollen. Ich habe ihn zu sehr verletzt«, fasste ich das Ergebnis meiner Überlegungen nach einer Weile zusammen.

Granny zuckte die Schultern.

»Das wirst du nur herausfinden, wenn du mit ihm sprichst. Und das solltest du unbedingt, Donna. Am besten so bald wie möglich. Versprichst du mir das?«

Granny sah mich mit ihren großen blauen Augen so fest an, bis ich schließlich einknickte und ihr mein Versprechen gab.

»So, und nun werde ich noch diesen Topf hier mit in die Küche nehmen und mich dann hinlegen. Die Arbeit läuft uns nicht davon. Deine Mum wird mir sicher helfen. Und auch Lara meinte, sie würde morgen früh vorbeischauen und uns unterstützen. Du kannst also gleich den ersten Bus in Richtung London nehmen.«

»Aber ich …«, wollte ich protestieren.

»Grüß Scott lieb von mir und sag ihm, dass er am Clachtoll Beach immer herzlich willkommen sein wird. Ich kann es kaum erwarten, ihn wiederzusehen. Aber jetzt muss ich wirklich ins Bett. Ich bin so müde, dass ich jeden Augenblick im Stehen einschlafen könnte.«

Lachend nahm Granny den Topf und ging in Richtung Cottage.

Ich wollte es ihr gleichtun und ihr folgen, als plötzlich mein Handy klingelte.

Mir graute davor, dass Sarah mich erneut anrief, um mich nach Scott zu fragen. Doch als ich das Gerät in der Hand hielt, war es nicht ihr Name, der auf dem Display zu lesen war.

»Scott?«

Meine Stimme bebte, während ich seinen Namen laut aussprach.

»Donna, kannst du schnellstmöglich nach London zurückkehren? Ich benötige deine Hilfe.«

Ich musste mich verhört haben. Scott benötigte meine Hilfe? Das war unmöglich. Schließlich war ich bis vor wenigen Sekunden felsenfest davon ausgegangen, dass ich ihn nie wiedersehen und gleich bei meiner Ankunft in meinem Büro mit einer Kündigung rechnen musste.

»N-natürlich. Was ist p-passiert?«, hakte ich stotternd nach, da mich die Situation vollends überforderte.

»Mr Chang möchte das Verlagshaus verkaufen. Er hat mich eben angerufen und mich gefragt, wann er wieder mit uns essen gehen wird, also mit dir und mir. Und ich musste ihm sagen, dass es wohl erst mal keine weiteren Essen im Ritz mit uns beiden gemeinsam geben wird. Daraufhin beschloss er, dass er den Verlag lieber verkaufen sollte. Familie und Traditionen seien ihm wichtig. Es war ihm schon immer ein Dorn im Auge, dass ich Single bin.«

»Ich verstehe nicht …«, erwiderte ich, während ich versuchte, aus der Flut an Informationen einen logischen Schluss zu ziehen.

Scott seufzte.

»Ich habe dich gebeten, meine Verlobte zu spielen, weil Mr Chang damit gedroht hat, den Verlag in London zu verkaufen. Ich konnte einfach nicht tatenlos mitansehen, wie alle ihren Job verlieren.«

Nach und nach fügte sich ein Puzzlestück mit dem nächsten ineinander.

»Dann wolltest du die Firma retten? Deshalb die Fake-Verlobung?«

»Ja, es tut mir leid, dass ich ausgerechnet dich darum gebeten habe. Allerdings kann ich jetzt keine andere mehr fragen. Mr Chang würde …«

»Ich komme«, sagte ich mit fester Stimme und sprang dabei von meinem Platz auf.

»Bist du sicher? Ich meine …«

»Ganz sicher. Kannst du mir von Margot einen Flug buchen lassen? So schnell wie möglich. Ja?«

Stille in der Leitung.

Als ich bereits glaubte, die Verbindung wäre unterbrochen worden, gab Scott zu bedenken: »Aber du fliegst doch nie. Du hast Angst davor.«

Ich lachte.

»Daran brauchst du mich nicht zu erinnern, Scott. Das weiß ich selbst. Aber es gibt Situationen im Leben, da muss man seine eigene Angst bezwingen. Und genau so ein Moment ist jetzt gekommen.«

Adrenalin pumpte durch meinen Körper, und ich hatte das Gefühl, schwerelos zu sein. Ich hatte den Kampf mit dem Drachen aufgenommen. Nun würde sich entscheiden, ob ich der Herausforderung gewachsen war.

»Dann danke ich dir, Donna. Du weißt gar nicht, welchen Dienst du dem Verlag damit erweist.«

Scotts Stimme klang fest und gefasst, als würde er mit irgendeiner Angestellten aus dem Verlagshaus telefonieren. Als hätte es die schönen Tage, die wir gemeinsam verbracht hatten, nie gegeben.

Seine Worte versetzten mir einen Stoß in die Magengegend. Es ging ihm einzig und allein um den Erhalt des Verlags. Dass er seiner Verantwortung nachkam, ehrte ihn. Mir war durchaus bewusst, dass er seine Pflichten zu erfüllen hatte. Doch insgeheim hatte ich dennoch gehofft, dass er sich mir wieder öffnen und einen Schritt auf mich zugehen würde.

Da hatte ich mich offenbar getäuscht. So leicht würde er es mir nicht machen. Aber ich konnte es ihm nicht verdenken. Schließlich war ich diejenige gewesen, die ihm eine Abfuhr erteilt und ihm nicht mal erklärt hatte, was ausschlaggebend für meine Entscheidung gewesen war.

Kapitel 28

Donna

»Und du bist sicher, dass du heute Morgen mit Scott Fernsby zum Frühstück gehen möchtest?«

Sarah drehte meine Haare gerade auf einem Lockenstab ein, nachdem ich ihr alles über Scott und mich erzählt hatte. Die meiste Zeit hatte sie meinen Worten gelauscht und nichts gesagt. Doch nun schien sie Fragen zu haben. Und ich konnte es ihr nicht verdenken.

»Ich bin sicher, dass ich nicht dafür verantwortlich sein möchte, wenn wir alle unseren Job verlieren«, entgegnete ich eine Spur zu resolut.

»Entschuldige bitte, Sarah. Aber mir liegen echt die Nerven blank. Erst dieser Anruf von Scott, dann der Flug, bei dem die Maschine kurz vor der Landung noch mal durchgezogen ist und erst in einem zweiten Anlauf landen konnte. Und jetzt auch noch ein Frühstück im Ritz, nachdem ich kaum geschlafen habe.«

»Du schaffst das, Donna. Philis und ich drücken dir ganz fest die Daumen. Ich möchte meinen Job nämlich auch nicht verlieren. Dafür mache ich ihn viel zu gerne. Vor allem arbeitet eine meiner besten Freundinnen auch in diesem Verlag.«

Sarah grinste mich an, während sie die nächste Haarsträhne vom Lockenstab nahm und vorsichtig aushängen ließ.

»Hast du mir was Schickes zum Anziehen mitgebracht? Ich kann weder ein so edles Kleid anziehen, wie wir sie im *Harrods* geshoppt haben, noch auf meinen grauen Nadelstreifenanzug zurückgreifen. Und mit Jeans und Shirt brauche ich mich im Ritz erst gar nicht blicken zu lassen«, fasste ich zusammen.

Sarah tippte sich an die Nase.

»Ich denke, ich habe eine sehr gute Idee, wie wir deinen Anzug gut in Szene setzen können. Ich habe ein schickes weißes Oberteil mit Spitze dabei. Das passt ausgezeichnet dazu und verleiht dem Outfit etwas Frisches. Wirst sehen.«

Allein die Vorstellung, meinen alten grauen Nadelstreifenanzug für den heutigen Termin tragen zu müssen, verursachte mir Bauchschmerzen.

Scott verließ sich auf mich. Er erwartete von mir, dass ich ihm in dieser schweren Situation beistand und das Beste für den Verlag gab. Und ich war auch durchaus bereit dazu. Aber war das in meinem mausgrauen Anzug überhaupt möglich?

Die Situation beunruhigte mich zusehends.

»Donna, mein Schatz, ich weiß, du machst dir jetzt Sorgen. Aber weißt du was? Du kannst einfach alles anziehen. Du hast die Figur, du hast den Charme und du hast die Ausstrahlung. Ich könnte dich heute sogar in einem Kartoffelsack zu dem Treffen schicken, und sie würden dich mit Kusshand empfangen.«

Sarah drehte eine meiner Locken auf, während ich bei ihren lieben, einfühlsamen Worten nicht zu weinen beginnen versuchte. Schließlich hatte sie mich bereits geschminkt. Ich wollte ihr Werk nicht zerstören. Gleichzeitig blieb vermutlich auch gar nicht ausreichend Zeit, mich ein zweites Mal anzupinseln.

»Das ist sehr lieb von dir, Sarah. Aber nun, da ich weiß, wie wichtig dieses Treffen ist, bin ich schrecklich aufgeregt. Was, wenn Mr Chang der Meinung ist, Scott und ich wären nicht dazu geeignet, Familie und Tradition zu repräsentieren? Er wird doch bestimmt die Spannungen zwischen uns bemerken. Und was dann?«

Diesen Gedanken hatte ich, seit ich das Gespräch mit Scott gestern Abend am Clachtoll Beach beendet hatte, bereits Hunderte Male durch meine Gehirnwindungen gejagt. Er machte mich ganz verrückt. Und dennoch durfte ich mir das unter gar keinen Umständen anmerken lassen.

Als Sarah die letzte Locke abgewickelt und die Frisur in Form gebracht hatte, klingelte es an der Tür.

Sarah und ich sahen uns an.

»Wer kann das sein?«, fragte sie mich.

Ich zuckte mit den Schultern.

»Bestimmt nur die Post. Ich geh schnell ins Schlafzimmer und zieh mich um.«

Da ich bis auf meine Pants und ein Shirt nichts anhatte, bat ich Sarah, die Tür zu öffnen, und zog mir derweil den Hosenanzug mit dem weißen Spitzen-Shirt an.

Sarah hatte modisch wahrlich ein gutes Auge. Es passte perfekt und wirkte mit den weißen Sneakers nicht zu schick, aber auch nicht zu leger. Es war eine ausgesprochen gute Mischung.

»Donna, bist du fertig? Hier wartet jemand auf dich.«

Vermutlich hatte einer der Nachbarn ein Paket bestellt, und nun sollte ich dafür unterschreiben. Für gewöhnlich ging dieser Kelch an mir vorüber, da ich um diese Zeit bei der Arbeit war. Aber da die Hausgemeinschaft auch des Öfteren für mich ein Paket annahm, eilte ich sogleich aus dem Zimmer, um meine Unterschrift an entsprechender Stelle zu setzen. Karma und so.

»Wo soll ich ...«, hob ich an, als ich Scott in meinem Wohnzimmer erblickte.

»Ich muss jetzt leider dringend los. Du weißt schon ... Diese superwichtige Sache ...«, behauptete Sarah, schnappte sich ihre Tasche und war schon im nächsten Augenblick aus der Tür verschwunden.

»Hi«, begrüßte mich Scott mit den Händen in den Taschen der Anzughose.

Er lächelte nicht.

»Hey«, erwiderte ich mit flatterndem Herzen und plötzlich seekrankem Magen.

»Ich dachte, ich hole dich zu dem Termin ab. Nicht, dass der Bus wieder nicht fährt.«

Ein zaghaftes, nur angedeutetes Schmunzeln zeichnete sich auf seinen Lippen ab, war allerdings im nächsten Augenblick schon wieder verschwunden.

»Das hört sich nach einem guten Plan an«, erwiderte ich, nach wie vor verunsichert.

Scott war in meiner Wohnung. Der Scott, von dem ich gestern eine Zeit lang geglaubt hatte, ihn nie wiederzusehen. Der Scott, der mein Herz vollkommen aus dem Takt geraten ließ, wenn ich auch nur an ihn dachte. Der Scott, der mich mit so festem Blick ansah, dass mir ganz schwummrig wurde.

»Können wir dann oder benötigst du noch mehr Zeit?«, fragte er mit fester Miene.

Keine Regung zeichnete sich auf seinen Gesichtszügen ab. Er wirkte ernst und gefasst. Und war damit das vollkommene Gegenteil von mir.

»I-ich denke, wir können l-los.«

Ich klang leider nicht ansatzweise so selbstbewusst, wie Scott sich mir präsentierte. Aber die Tatsache, dass das Schicksal vieler Menschen nun auf meinen Schultern lag, war kaum zu ertragen.

Es war mir absolut schleierhaft, wie Scott diese Bürde nur die ganze Zeit allein hatte tragen können. Es war für mich unvorstellbar, wie er das alles mit sich allein ausgemacht und sich niemandem anvertraut hatte. Ich wüsste nicht, ob ich das könnte.

Etwas wackelig auf den Beinen griff ich nach meiner Tasche, warf mein Handy von der Couch hinein und zupfte meinen Anzug zurecht, ehe ich mich auf den Weg zur Tür machte.

Mit einem sehnsuchtsvoll klingenden »Donna« aus Scotts Richtung hielt ich mitten in der Bewegung inne und sah mich zu ihm um.

»Du siehst unglaublich aus. Hätte nie gedacht, dass man den grauen Nadelstreifenanzug so in Szene setzen kann.«

Aus Scotts Stimme war Anerkennung herauszuhören.

»Danke. Ich hoffe, er trägt zu einem guten Schluss bei.«

Ich bemühte mich ebenfalls, diplomatischer und abgeklärter zu klingen, auch wenn ich innerlich kurz davorstand, in mich zusammenzufallen wie ein Kartenhaus.

Dafür blieb jetzt allerdings keine Zeit. Ich hatte mich schließlich dazu bereit erklärt, alles dafür zu tun, um den drohenden Verkauf des Verlags abzuwenden, und würde auch mein Bestes versuchen. Ich musste es einfach schaffen.

Als ich mich schon wieder von Scott abwenden wollte, um zur Tür zu gehen, war er derjenige, der mich zurückhielt, indem er nach meinem Arm griff.

»Warte kurz, Donna. Ich wollte dir noch etwas sagen.«

Scott war nun so nahe, dass ich seinen Atem auf meiner Haut spüren konnte.

Augenblicklich überzog eine Gänsehaut meinen Körper, während ich daran dachte, wie nahe wir uns im B&B am Clachtoll Beach gekommen waren.

Die Erinnerung an unsere erste und einzige gemeinsame Nacht löste ein Prickeln in mir aus. Auch wenn ich wusste, dass sie sich nicht wiederholen würde, konnte ich doch nicht anders, als in diesem Moment daran zu denken.

»Es tut mir leid, dass ich dir in dieser einen Nacht offenbar nicht geben konnte, was du gesucht hast. Du sollst wissen, dass ich bereit dazu war, dir mein Herz zu schenken und meine Zukunft mit dir zu gestalten. Aber ich respektiere deine Entscheidung und werde nicht weiter in dich dringen.«

»Du hast mich …«

Seine Worte trafen mich vollkommen unvorbereitet. Bedauerlicherweise konnte ich nun doch nicht mehr an mich halten. Einzelne Tränen kullerten über meine Wangen. Dabei hatte sich Sarah so viel Mühe mit dem Make-up gemacht.

»Du brauchst keine Sorge zu haben, was deinen Job anbelangt. Sollte Mr Chang ein Einsehen haben und uns unsere Arbeit fortsetzen lassen, dann werde ich wie versprochen dafür sorgen, dass du auf der Karriereleiter nach oben kletterst.«

›Aber wenn du Scott aus welcher Furcht heraus auch immer aufgeben solltest, dann wäre das der größte Fehler deines Lebens.‹

Grannys Worte schossen mir durch den Kopf. Sie hatte recht. Ich durfte mich durch die Angst vor einer unsicheren Zukunft nicht lähmen lassen. Nein, stattdessen sollte ich nun endlich reinen Tisch machen und Scott eine Erklärung liefern. Diese war längst überfällig.

»Die Nacht mit dir war wunderschön, Scott. Ich wünschte, ich könnte jeden Morgen an deiner Seite aufwachen.«

Scott sah mich bei meinen Worten an, als verstünde er die Welt nicht mehr.

»Das ist nicht ganz das, womit ich gerechnet habe. Wenn du so empfindest, warum bist du dann so auf Distanz zu mir gegangen?«

»Aus Angst, meinen Job im Verlag zu verlieren.«

Scotts Stirn legte sich in Falten, während er mich nach wie vor mit den Händen in den Hosentaschen durchdringend ansah.

»Dann lag es nur daran?«, fragte er fassungslos.

Ich nickte.

»Warum hast du denn nicht mit mir darüber geredet? Das ist ein schreckliches Durcheinander, was da passiert ist. Wenn Mr Chang nicht gewesen wäre, dann ...«

»... gäbe es dieses Treffen nicht, und ich hätte auf kurz oder lang sicher den Verlag verlassen«, beendete ich seinen Satz.

Prüfend sah er mich an.

»Ja, ich befürchte, du hast recht. Aber wenn du so für mich empfindest, wie du gerade gesagt hast, wäre es dann nicht einfacher, über die Furcht, etwas könnte schiefgehen, hinwegzusehen? Niemand kann einem eine Garantie auf ein glückliches und zufriedenes Leben geben. Aber wenn wir nicht selbst alles dafür tun, sinken die Chancen auf ein Minimum.«

Wahre Worte. Und so bedacht gewählt. Ich liebte es, wie Scott sich ausdrückte. Ich liebte es, dass er wie ein Fels in der Brandung vor mir stand. Zu allem bereit. Ich liebte es, wie er mich ansah. Ich liebte … ihn.

»Scott, ich liebe dich.«

Das waren in diesem Augenblick die einzigen Worte, die mir einfielen. Aber sie kamen direkt aus meinem Herzen. Und sie bedeuteten mir die Welt.

»Und ich liebe dich«, erwiderte Scott, überwand die wenigen Schritte, die uns voneinander trennten, und legte seine Hände auf meine Wangen.

»Darf ich dich küssen?«, fragte er, nachdem er mich eine halbe Ewigkeit angesehen und ich mir nichts sehnlicher als das gewünscht hatte.

»Ja«, hauchte ich ihm sehnsüchtig zu, während seine Lippen wie ein gegensätzlich gepolter Magnet auf meine zuhielten.

Schon im nächsten Augenblick küssten wir uns so voller Leidenschaft, als hätte es das fatale Intermezzo nie gegeben.

Mein ganzer Körper kribbelte und prickelte, während ich mir nichts mehr wünschte, als dass das Frühstück im Ritz abgesagt wurde.

Als Scott sich von mir löste, wollte ich ihn anflehen, es nicht zu tun. Doch ich wusste, dass es Menschen da draußen gab, die auf uns zählten, auch wenn sie keinen blassen Schimmer davon hatten, was heute auf dem Spiel stand. Und ich wollte sie nicht enttäuschen.

Kapitel 29

Scott

»Sie sehen sehr verliebt aus, Mr Fernsby.«

Mit diesen Worten empfing uns Mr Chang an einem der Tische im Ritz. Zu diesem Treffen war er allein gekommen. Offenbar ging er davon aus, heute keine Schützenhilfe zu benötigen.

Da hatte er seine Rechnung allerdings ohne Donna und mich gemacht. Wir würden nicht einfach kampflos aufgeben, sondern bis zum bitteren Ende für den Verlag eintreten. Darauf hatten wir uns im Bentley geeinigt, den Gonzalez heute wieder für uns durch die Londoner Straßen gelenkt hatte.

»Wie könnte es auch anders sein mit einer solch wunderschönen Frau an meiner Seite?«

Er nickte verstehend und bot uns schließlich an, auf den beiden Plätzen ihm gegenüber Platz zu nehmen.

»Bevor wir mit dem Essen beginnen, möchte ich Sie darauf hinweisen, dass noch ein Freund von mir zu diesem Frühstück hinzustoßen wird. Er hat sich ein wenig verspätet, wird allerdings jeden Moment hier eintref… Ach, da ist er ja schon.«

Mr Chang erhob sich mit einem Lächeln auf den Lippen und winkte jemandem zu. Ein Gebaren, das ich dem sonst eher stocksteif wirkenden Mann nie zugetraut hätte.

Suchend blickten sich meine Augen in die Richtung um, in der ich Mr Changs Freund erwartete, als mir fast das Herz stehen blieb.

»Grandpa?«, fragte ich atemlos. »Was machst du denn hier?«

»Mr Chang hat mich zu einem Frühstück im Ritz eingeladen, mein guter Junge. Da kann ich doch nicht Nein sagen. Ich liebe das Egg Benedict. Solltest du auch mal probieren.«

Mr Chang und Grandpa schüttelten sich die Hände wie alte Bekannte und setzten sich sogleich nebeneinander, während Donna und ich ungläubige Blicke tauschten.

»Okay, was genau wird hier gespielt?«, fragte ich nach einer Weile nach, als ich mich so weit wieder gefasst hatte.

Donna waren die Fragezeichen in den Augen nach wie vor anzusehen. Aber leider konnte ich ihr keine Antwort auf das liefern, was hier vor sich ging. Die mussten uns Mr Chang oder Grandpa geben.

»Nun, mein Junge, ich möchte mich zuallererst bei dir und Donna entschuldigen. Denn ich habe Mr Chang darum gebeten, mir in dieser Angelegenheit zu helfen.«

»Dann wird das Verlagshaus doch nicht verkauft?«, beeilte ich mich zu fragen, als ich nun gar nichts mehr zu verstehen schien.

Er schüttelte den Kopf.

»Nein, das stand nie zur Debatte. Und Mr Chang ist auch nicht der eiskalte Geschäftspartner, den er mir zuliebe gespielt hat. Er ist ein alter Freund aus meiner Zeit in Hongkong, der nie vorhatte, unser Familienunternehmen zu veräußern, da er selbst ein Teil dieser Tradition geworden ist.«

Grandpa klopfte ihm anerkennend auf die Schulter, während Mr Chang sich huldvoll vor ihm verbeugte.

»Wozu dann das alles? Ich verstehe das nicht«, platzte es ungehalten aus mir heraus, während Donna neben mir nach wie vor glauben musste, im falschen Film gelandet zu sein.

»Du, mein lieber Junge, hast mich viel zu sehr an mich selbst erinnert, als ich noch jung war. Wäre mir deine Granny nicht durch einen Zufall ins Leben geschneit, ich hätte sie womöglich nie kennengelernt, und ich hätte mein Leben trostlos als Junggeselle gefristet. Denn an erster Stelle stand für mich immer der Verlag.«

»Haben Sie bereits gewählt?«, fragte unser zuständiger Kellner.

Der Einfachheit halber bestellte Grandpa für alle Egg Benedict und Kaffee.

Ich erhob keinen Einspruch, da mir der Hunger inzwischen ohnehin vergangen war. Und Donna schien die Wahl auch nicht weiter zu beschäftigen. Wir brannten beide darauf, zu erfahren, was hier gespielt wurde.

»Ich kenne die Geschichte, wie ihr beide euch kennengelernt habt. Aber was hat das denn mit mir zu tun?«

Der Groschen war bei mir nach wie vor nicht gefallen.

»Du bist so sehr auf den Verlag fixiert und willst deine
Arbeit besser als alle anderen machen, dass du das Wichtigs-
te im Leben ganz vergessen hast«, meinte Grandpa und
lächelte mich dabei milde an.

»Und das wäre?« Ich verstand nicht, wie Grandpa mir nur
so übel mitspielen konnte.

Er musste doch wissen, wie viele schlaflose Nächte es mir
bereitet hatte, zu wissen, dass das Verlagshaus womöglich
veräußert werden würde. Er musste wissen, wie sehr mich
diese Sorgen belastet hatten. Und er musste auch wissen,
dass ich Donna nie gefragt hätte, wenn …

»Hast du darauf nicht selbst eine Antwort, mein Junge?«

»Du hast das hier alles eingefädelt, damit ich Donna ken-
nenlerne und mich in sie verliebe? Du wolltest, dass mir das
Glück, das du mit Granny erleben durftest, ebenfalls wider-
fährt. Habe ich recht?«

Er nickte.

»So ist es, mein Junge. Und ich könnte an dieser Stelle
nicht glücklicher darüber sein, dass mein Plan aufgegangen
ist. Ich hoffe nur, dass ihr beiden, Donna und du, mir eines
Tages verzeihen könnt. Aber manchmal muss man dem
Schicksal eben auf die Sprünge helfen.«

Er zwinkerte mir spitzbübisch wie ein kleiner Junge zu.

»Ich kann deinem Großvater nur zustimmen, Scott. Donna ist die Frau, die an deiner Seite gefehlt hat. Und der Zweck heiligt ja bekanntlich die Mittel. Vor allem, wenn es darum geht, ein Happy End für einen geliebten Enkelsohn zu finden. Es war übrigens äußerst entzückend mitanzusehen, wie Donna sich an besagtem Abend präsentiert hat und für dich, lieber Scott, in die Bresche gesprungen ist. Mein Werk ist getan, sodass mir nichts weiter bleibt, als euch für eure zweifellos vielversprechende Zukunft alles Gute zu wünschen.«

»D-danke«, erwiderte Donna perplex.

»Und, Donna, ich kann gar nicht sagen, wie sehr ich mich freue, dich in unserer Familie willkommen zu heißen. Ich verspreche dir auch, von nun an immer mit offenen Karten zu spielen.«

Donna lächelte bei Grandpas Worten und sah mich sodann verunsichert von der Seite an.

»Ich denke, wir sollten alle noch mal ganz von vorne anfangen«, sagte sie und legte dabei ihre Hand auf meine.

»Das klingt nach einem sehr guten Vorschlag«, beschied Grandpa und legte seine Hand auf die von Donna und mir.

Mr Chang nickte zufrieden und lächelte selig.

Epilog

Donna

Zwei Monate später

»Ich bin ganz Ihrer Meinung, Mrs McAlee. Man kann einen achtzigsten Geburtstag gar nicht oft genug feiern. Und ich bin wahrlich äußerst erfreut darüber, dass Sie mir eine Einladung haben zukommen lassen.«

Scotts Grandpa war bereits die ganze Fahrt über und die Tage zuvor, seit er die Einladung von Granny per Post erhalten hatte, verzückt darüber, dass sie auch ihn eingeladen hatte.

Scott, der bereits damit begonnen hatte, Tische und Stühle in den Garten zu tragen, war ganz in seinem Element. Ein freudiges Lächeln war auf seinen Lippen zu erkennen, während er ab und an innehielt, um seinen Blick aufs Meer zu richten und den Moment zu genießen.

»Die Freude ist ganz meinerseits, Mr Fernsby. Und ich muss zugeben, dass ich diesbezüglich ein wenig eigennützig gehandelt habe. Denn einerseits wollte ich Donna und Scott wiedersehen. Und andererseits wollte ich Sie gerne kennenlernen.«

Granny errötete bei ihren Worten leicht. Ich war mir ganz sicher, dass sie für Scotts Grandpa schwärmte.

Der arme Postbote Charlie, der schon seit Längerem ein Auge auf Granny geworfen hatte, tat mir leid. Bedauerlicherweise war ihre Wahl offenbar auf einen anderen Kandidaten gefallen.

»Die beiden sind wie zwei verliebte Turteltauben«, meinte Scott ganz dicht an meinem Ohr.

Ich erschrak ein wenig, da ich ihn nicht hatte kommen hören.

»Lass sie doch! Ich finde es schön, dass sie so spät noch ihr Glück gefunden haben. Schau nur, wie beide um die Wette strahlen.«

Scott drehte mich zu sich herum und nahm mich in seine Arme, während er mir fest in die Augen sah.

»Ich gönne den beiden ihre neue Liebe. Gleichzeitig bin ich aber auch sehr froh darüber, dass ich dich gefunden habe.«

Ich lächelte.

»Ach ja?«

Daraufhin kitzelte mich Scott.

»Das weißt du ganz genau, mein Schatz. Ohne dich wäre ich vollkommen aufgeschmissen. Allein, wie du die Abläufe im Verlag optimiert hast, lässt mich noch immer staunen. Und dann erst die Tatsache, wie du Grandpa und Mr Chang um den Finger gewickelt hast ... Du siehst mich voller Ehrfurcht.«

Bei seinen Worten knuffte ich ihn in die Seite.

»Das ist hoffentlich nicht alles, was du an mir schätzt«, erwiderte ich ein wenig eingeschnappt.

»Nein, ich schätze an dir deine liebevolle, herzliche, leidenschaftliche und verträumte Art. Jeden Tag, den wir nun miteinander verbringen können, frage ich mich, wie ich bisher nur ohne dich leben konnte.«

»Verträumt?«, hakte ich nach, während Scott Anstalten machte, mir einen Kuss zu geben.

»Na ja, so ganz pünktlich bist du nach wie vor nicht«, erwiderte er lachend.

»Das lag in der letzten Woche mal wieder am Bus. Er …«

Und noch ehe ich meinen Satz beenden konnte, küsste mich Scott so leidenschaftlich, dass mir die Knie dabei ganz weich wurden.

»Nehmt euch ein Zimmer, ihr beiden«, rief Sarah in diesem Augenblick.

Scott und ich stoben wie die Funken eines Lagerfeuers auseinander, während Sarah in ihren Händen die obligatorische Blaubeertorte in den Garten trug. Keine Feier ohne Blaubeertorte.

»Wie wundervoll, dass Philis und du mitkommen konntet. Granny wollte unbedingt die beiden guten Feen kennenlernen, die mich auf dem Weg in Scotts Herz begleitet haben.«

»Oh, das hast du aber schön gesagt«, meinte Philis, die soeben mit einer Etagere gefüllt mit Sandwiches und Scones aus dem Haus zu uns stieß.

»Wo bleiben nur wieder deine Eltern?«, meinte Granny und blickte sich suchend in Richtung der Auffahrt um.

»Du kennst die beiden«, entgegnete ich achselzuckend, als Scotts Handy klingelte.

Mit einem »Margot« drehte er mir das Display hin und verzog das Gesicht.

»Sie sollte dich doch nur im absoluten Notfall anrufen. Oder? Die Frau stürmt nicht nur unangekündigt in Büros hinein, nein, sie poltert sogar per Handy ins Privatleben anderer Menschen. Aber damit ist es jetzt vorbei. Lass mich mal mit ihr reden.«

Noch ehe Scott etwas erwidern konnte, nahm ich ihm das Handy auch schon aus der Hand und nahm den Anruf entgegen.

»Guten Tag, Mr Fernsby, es tut mir wahnsinnig leid, Sie in Ihrem Urlaub zu stören.« Das tat es ganz sicher nicht. »Aber es müssen ganz dringend Entscheidungen getroffen werden. Mr Lisboa macht Druck, sollte er seinen Vorschuss nicht binnen der nächsten fünf Tage erhalten haben, will er bei seinem nächsten Buch den Verlag wechseln.«

»Ich rufe Mr Lisboa gleich an, Margot. Sei so gut und belästige Scott nicht weiter mit derlei Anrufen. Schließlich ist Mr Lisboa mein Autor.«

»D-Donna.«

Margot klang wie vom Donner gerührt. Offenbar hatte sie nicht damit gerechnet, dass ich das Gespräch entgegennehmen würde. Aber was sie konnte, konnte ich schon lange.

»Ich gehe davon aus, dass du Scott und mich nicht weiter stören wirst«, wiederholte ich mich mit klareren Worten.

Schließlich wollte ich Margot ein für alle Mal aufzeigen, dass es nicht sie war, die die Stricke in der Hand hielt. Auch wenn sie gerne so tat.

»Selbstverständlich«, hörte ich sie gefasster antworten.

Danach beendete ich das Telefonat.

»Mensch, der hast du es aber gegeben.«

Ich hatte gar nicht bemerkt, dass Sarah während des Gesprächs neben mir gestanden hatte.

»Das war schon lange überfällig. Hoffentlich hält sie sich jetzt daran und lässt Scott ein paar Tage Ruhe. Er braucht dringend eine Auszeit.«

»Wenn nicht hier am Clachtoll Beach, wo dann?«

Sarah hatte recht. Schottland war immer für eine Reise gut. Der Clachtoll Beach aber lud zum Träumen ein. Sommerträume, die ich mir für den Herbst und Winter in London bewahren konnte, um in Erinnerungen zu schwelgen und so die trüben Tage zu überstehen.

Denn dieser Sommer war voller Träume gewesen. Träume, die plötzlich wahr wurden.

Ich hatte den Mann kennengelernt, mit dem ich mein weiteres Leben verbringen wollte. Ich hatte gemeinsam mit

Scott die Leitung eines Verlagshauses übertragen bekommen. Und ich hatte das erste Mal meinen grauen Nadelstreifenanzug abgelegt und mir ein schickes marineblaues Etuikleid gekauft.

»Ihr beiden, habt ihr kurz Zeit für mich?«, fragte Scotts Grandpa und sah Scott und mich lächelnd an.

»Aber sicher doch, Grandpa. Was liegt dir auf dem Herzen? Wie können wir dir helfen?«

»Ach, du guter Junge, womit habe ich dich eigentlich verdient? Aber du hast recht, ich möchte euch um einen Gefallen bitten. Und zwar geht es um die Wohnung im Verlag. Scott, würde es dir etwas ausmachen, sie mir zu überlassen? Im Gegenzug würde ich Donna und dir das Haus schenken.«

»Du willst zurück in den Verlag?«, hakte ich nach.

»Es ist gut gelegen, meine Ärzte sind nicht weit, und ich würde mich vielleicht nicht mehr ganz so nutzlos fühlen, wenn ich durch die Flure des Verlags streunen und mitbekommen würde, dass alles seinen gewohnten Gang geht.«

Er lachte.

»Bist du sicher, dass du aus dem Haus ausziehen möchtest, in dem du so lange Zeit mit Granny gewohnt hast?«

Scott schien sich Sorgen zu machen.

»Ganz sicher sogar. Es ist an der Zeit, der nächsten Generation das Haus zu vermachen, das voller Liebe war. Diese

Liebe soll weiterleben, Scott. Ich möchte miterleben, wie euer Glück wächst. Tut ihr mir den Gefallen?«

Scott sah mich prüfend an, ehe er ihm zustimmend zunickte.

»Sehr gerne, Grandpa. Vielen Dank für dein überaus großzügiges Angebot.«

»Oh, da kommen deine Eltern, Donna.«

Mir schwante Übles, während ich inständig hoffte, dass die beiden diesmal weniger miteinander stritten.

»... Nein, Max, du kannst nicht mit dem Buch in der Hand auf der Feier erscheinen.«

Mum schien ganz außer sich. Und ich befürchtete bereits das Schlimmste.

»Du hast recht, meine Liebe. Es tut mir leid, dass ich in letzter Zeit so sehr in meiner eigenen Welt gelebt habe. Ich hoffe, du kannst mir verzeihen. Aber ich hatte einen guten Grund«, hörten wir Dad sich erklären.

Die beiden standen auf Höhe des Cottages auf halber Strecke zwischen der Auffahrt und dem Garten.

»Natürlich hattest du einen guten Grund, Max. So, wie du immer einen guten Grund hast. Was war es diesmal? Hast du einen Weg gefunden, Gold herzustellen? Oder bist du doch dem Heiligen Gral auf der Spur?«

»Ich habe eine längere Reise für uns beide durch Südostasien geplant. So, wie du sie dir schon seit Längerem wünschst. Ich wollte allerdings sicherstellen, dass alles perfekt wird. Deshalb die ausgiebige Recherche.«

Mum riss die Augen auf und konnte nicht glauben, was sie da eben gehört hatte. Und nun erlebte ich meine Mutter tatsächlich einmal sprachlos.

Wenig später sahen wir die beiden sich küssend in den Armen liegen.

»Muss Liebe schön sein«, meinte Scott und nahm mich von hinten in die Arme, ehe er mich zu sich umdrehte und mich ebenfalls küsste.

Danksagung

Liebe Leserinnen und Leser,

vielen lieben DANK für das Interesse an meinen Büchern.

Es hat mir außerordentlich viel Spaß gemacht, die Geschichte über Donna & Phil zu Papier zu bringen und mit den beiden an den Clachtoll Beach in Schottland zu reisen. Zumindest gedanklich ;-) Wenn ich es ebenso geschafft habe, euch mit meiner Geschichte ein paar schöne Lesestunden zu bereiten, dann bin ich sehr glücklich darüber.

Bedanken möchte ich mich an dieser Stelle ganz herzlich bei meinen engagierten und wunderbaren Testleserinnen. DANKE für eure ehrlichen Worte, eure Begeisterung und euer Mitfiebern. Ohne euch wäre das Ganze nur halb so schön. Vielen lieben DANK, dass ihr den Weg mit mir gegangen seid! Ich freue mich bereits heute über euer Feedback zum nächsten Buch.

Liebe Doro, ein ganz besonderer Motivationsschub in diesem Buch war die Freude, die dir die Geschichte bereitet hat. DANKE hierfür.

Vielen DANK, liebe Sybille, dass du mein Manuskript mit so viel Sorgfalt korrigiert hast.

Vielen DANK an meine Leser und Leserinnen, dass ihr mit mir in die Geschichte von Donna & Phil abgetaucht seid.

Eure Mila

Außerdem freue ich mich sehr auf regen Austausch mit euch:

http://www.milasummers.com/

E-Mail: mila.summers@outlook.de

Facebook: Mila Summers

Instagram: books_by_mila_summers

PS: Wenn euch meine Geschichte gefallen hat, würdet ihr mir unglaublich helfen, wenn ihr eine Rezension auf dem Buchportal eurer Wahl schreiben würdet. Dann bekommen vielleicht noch weitere Leser und Leserinnen die Möglichkeit, meine Geschichten kennenzulernen.